DU MÊME AUTEUR

Aux Éditions Gallimard

TU MONTRERAS MA TÊTE AU PEUPLE, 2013 (« Folio » n° 5849, « Folioplus classiques » n° 295).

ÉVARISTE, roman, 2015 (« Folio » n° 6170).

UN CERTAIN M. PIEKIELNY, roman, 2017 (« Folio » n° 6593).

MON MAÎTRE ET MON VAINQUEUR

FRANÇOIS-HENRI DÉSÉRABLE

MON MAÎTRE ET MON VAINQUEUR

roman

GALLIMARD

Bien à toi.

Est-il sensible ou moqueur,
Ton cœur ?
Je n'en sais rien, mais je rends grâce à la nature
D'avoir fait de ton cœur mon maître et mon vainqueur.

PAUL VERLAINE

Je voulais dessiner la conscience d'exister et l'écoulement du temps.

HENRI MICHAUX

1

J'ai su que cette histoire allait trop loin quand je suis entré dans une armurerie. Voilà ce que plus tard, beaucoup plus tard me confierait Vasco, un jour où nous serions assis, lui et moi, en terrasse d'un café. Ce jour-là donc, je veux dire celui où il est entré dans une armurerie, Vasco avait reçu des menaces, sérieuses au point qu'il avait éprouvé le besoin de se procurer une arme à feu.

C'était un vendredi d'octobre un peu avant midi, à côté de la gare du Nord. En vitrine, en plus des carabines et des armes de poing, Colt, Browning, Beretta, Luger – des noms qui lui étaient familiers, mais dont il n'aurait su dire s'ils renvoyaient à des marques ou des modèles, si *beretta* par exemple était un nom commun, ou si c'était celui d'une marque, un nom propre passé dans le langage courant –, en vitrine il y avait des armes blanches, dagues, épées, couteaux, poignards et même, me dirait Vasco, un sabre à champagne.

L'armurier était au fond de sa boutique, assis sur un tabouret devant un écran d'ordinateur, un sandwich à la main.

Il a levé la tête : je peux vous aider ?

Voilà, a dit Vasco, je pense m'inscrire dans un club de tir, vous auriez quelque chose à me conseiller ?

Mouais, a marmonné l'armurier, si vous revenez dans un an.

Et il lui a expliqué que ça n'était pas si facile, ça n'était pas comme aux États-Unis où on sortait d'un magasin avec un 9 mm dans un sac en papier comme si on venait de commander une demi-douzaine de donuts, non, en France, il fallait une autorisation, soumise à diverses conditions cumulatives – être majeur et licencié d'un club de tir, ne pas avoir de casier judiciaire, ne pas avoir été admis sans consentement en soins psychiatriques, et cætera. Et puis il fallait adresser sa demande en préfecture, fournir tout un tas de pièces, formulaires, justificatifs, déclarations, certificats, actes, licences, avis, carnets, tout cela pouvait durer des mois, au moins un an et encore, l'a prévenu l'armurier, pas sûr qu'on vous la donne, cette autorisation : vous savez, avec les attentats...

Et si je suis menacé, a objecté Vasco, si je dois me défendre, je fais comment ?

Le mieux, a suggéré l'armurier, c'est une matraque télescopique, celle-ci par exemple. Et il a sorti de la vitrine une matraque noire, en acier nickelé, avec manche en caoutchouc cranté antidérapant – *la crème de la crème pour seulement 59 euros 90*. Faites voir, a demandé Vasco. Pliée, la matraque mesurait vingt et un centimètres, déployée, elle en faisait cinquante-trois, tout juste de quoi tenir un assaillant à distance.

Entre ça et rien, s'est dit Vasco, et il est sorti avec sa matraque télescopique dans un étui en nylon. Et pendant près d'un mois il ne sortait plus qu'avec sa matraque, avec aussi la boule au ventre, s'attendant à voir débarquer à tout moment en bas de chez lui Edgar avec une batte de base-ball, puisque c'est cela qu'entre autres choses Edgar avait écrit dans son mail : je vais te défoncer à coups de batte.

Ma matraque, ma petite matraque, se rassurait Vasco en la caressant : il suffisait de la tenir par le manche, puis d'exécuter, d'un mouvement vif du poignet, un geste de balancier d'arrière en avant et hop, elle se déployait aussitôt. Ça devenait alors une arme redoutable, un coup dans la mâchoire, avait précisé l'armurier, et l'assaillant n'avait plus qu'à boire de la soupe pendant six mois. Voilà à quoi songeait Vasco quand il songeait à Edgar, de la soupe, viens donc me trouver, et tu vas boire de la soupe pendant six mois.

2

Ah, s'est écrié le juge, ceci explique cela :

Ni Colt ni Luger
Ni Beretta ni Browning
Bois ta soupe Edgar

Encore un haïku, j'ai dit. Vous n'avez qu'à compter les syllabes : cinq, sept, cinq. Dix-sept au total.

Dix-sept syllabes, vous dites ? a demandé le juge qui récitait le haïku à voix basse, en comptant sur ses doigts :

Ni/Colt/ni/Lu/ger (5)
Ni/Be/ret/ta/ni/Bro/wning (7)
Bois/ta/sou/pe/Ed/gar (6)

Le dernier vers, a dit le juge : il compte six syllabes, pas cinq.

Cinq. À cause de l'élision : la voyelle en fin de mot s'efface devant celle qui commence le mot suivant. *Le juge est un bon juge*, par exemple, en plus d'être une flagornerie est un hexasyllabe : le *e* de *juge* s'efface au profit du *e* de *est* : *Le/ju/ge est/un/bon/juge* = six syllabes. Idem avec *Bois/ta/sou/pe Ed/gar* : le *e* de *soupe* s'efface devant le *e* d'*Edgar*, le vers compte cinq syllabes et le tercet dix-sept. Mais enfin, je ne suis pas là pour un cours de versification...

En effet, a dit le juge. Puis : Vuibert, apportez-moi le scellé n° 1.

Et en attendant que le greffier lui apporte le scellé n° 1, le juge s'est allumé une clope. Il m'a demandé si j'en voulais une, mais je ne fumais pas, je n'avais jamais vraiment fumé de ma vie, alors il a fumé seul, le juge, en silence, à la fenêtre entrouverte, le regard perdu au loin vers la fontaine Saint-Michel, les cheveux dans le vent que le vent échevelait ; sa cravate penchait, on aurait dit un poète, et peut-être qu'au fond sa vocation c'était ça : vivre en poète. Peut-être qu'il s'était retrouvé par hasard sur les bancs d'une faculté de droit, par hasard à l'École nationale de la magistrature, plus tout à fait par hasard au palais de justice de Paris, à mener des enquêtes, à éplucher des dossiers, à auditionner des témoins, alors qu'au fond de lui il n'aspirait qu'à être poète, ou plus simplement à jouer au poète, à en prendre la pose, c'est-à-dire à regarder le soleil se coucher sur la Seine en déclamant des sonnets, la cravate de travers.

Voilà à quoi je pensais, pendant que lui pensait aux fleuves impassibles, au prince d'Aquitaine à la tour abolie, à la chair qui est triste, hélas, aux sanglots longs des violons de l'automne, plus prosaïquement à ses gamins qu'il faudrait aller chercher tout à l'heure à l'école, à sa femme qui lui avait demandé de passer au pressing, récupérer sa jupe en cuir noir, aux bas résille, aux jarretières en dentelle qu'il lui arrivait de porter là-dessous ; à rien, peut-être. Il a écrasé sa clope sur l'appui de fenêtre ; la porte s'est ouverte ; le greffier était là.

Vous le reconnaissez ? a demandé le juge.

Sauf erreur de ma part, j'ai dit, il s'agit du greffier.

Le greffier a souri, mais pas le juge.

Pas le juge qui a dit, en montrant le scellé n° 1 que lui avait remis le greffier : ça, vous le reconnaissez ?

Comment ne pas le reconnaître ? Je l'avais regardé pendant des heures, j'en avais caressé le canon et la crosse, je l'avais tenu entre les mains avec une infinie précaution. J'avais même mis Vasco en joue, pour plaisanter j'avais appuyé sur la détente, et j'avais entendu le cliquetis que ça fait quand on tire à sec, sans munition, et que le chien vient percuter le barillet. J'aurais pu le reconnaître entre mille.

Alors, a insisté le juge, vous le reconnaissez ?

Et j'aurais pu prétendre que non, que je ne l'avais jamais vu, ce Lefaucheux à six coups de calibre 7 mm, désolé, ça ne me dit rien, j'aurais pu dire, mais je me suis rappelé qu'un peu plus tôt j'avais prêté serment de dire toute la vérité, rien que la vérité, j'avais même levé la main droite, je me suis rappelé que j'étais face au juge, dans le bureau du juge, et le juge n'avait pas l'air d'être là pour rigoler.

Attendez, j'ai dit, faites voir.

Et de nouveau j'ai pu l'examiner de très près, ce revolver, de nouveau j'ai vu, même à travers le sachet en plastique transparent, les poinçons « ELG et étoile », les initiales « JS » frappées sur la face avant du barillet, et bien sûr le numéro de série, le fameux n° 14096 qui avait tant affolé l'histoire de la littérature.

J'ai concédé que oui, je le reconnaissais.

Bien, s'est félicité le juge. Continuons à faire le lien entre ce revolver et ce cahier.

Le cahier, c'était la première chose que m'avait montrée le juge, quand tout à l'heure j'étais entré dans son bureau. Un Clairefontaine à grands carreaux, format 21 × 29,7. Quatre-vingt-seize pages dont il ne restait qu'un peu plus de la moitié – le reste avait fini dans ma corbeille. Sous la couverture souple et transparente, on pouvait lire au feutre noir :

MON MAÎTRE ET MON VAINQUEUR

Sur les pages suivantes, il y avait des poèmes. Voilà ce qu'on avait retrouvé sur Vasco : le revolver, un cahier noirci d'une vingtaine de poèmes et, plus tard, après expertise balistique, des résidus de poudre sur ses mains. Voilà ce qu'il en restait, j'ai pensé, de son histoire d'amour.

Quelle affaire, j'ai dit. Et si le juge m'avait convoqué, c'est qu'il avait de bonnes raisons de croire que je pouvais l'aider à y voir plus clair. Un véritable casse-tête, m'avait-il avoué : pas de témoins, ou plutôt, s'était-il corrigé, deux cent cinquante témoins dont aucun n'était fiable, car tous, connaissant de près ou de loin la victime, avaient pris son parti, tous accablaient le mis en examen qui n'avait qu'un nom à la bouche : Tina. Vasco répétait en boucle Tina, Tina, Tina, comme si psalmodier son prénom allait la faire revenir. Voyez ça avec Tina, disait Vasco, mais la Tina en question, se désolait le juge, refusait de collaborer à l'enquête, au sujet de laquelle Vasco se contentait d'un laconique : le cahier, tout est dans le cahier, vous n'avez qu'à lire les poèmes.

Alors, avait demandé le juge, vous m'expliquez ?

Je passais pour être le meilleur ami de Vasco. J'étais l'un des amis les plus proches de Tina. Autant dire qu'il attendait beaucoup de moi, le juge. Et moi j'étais d'accord pour lui expliquer ce qu'il voulait, si ça lui chantait je pouvais bien me faire l'exégète d'un recueil de poèmes, mais enfin je l'avais quand même mis en garde, il allait devoir s'armer de patience, tout cela allait prendre du temps. C'était toute une histoire, cette histoire.

Je suis payé pour qu'on m'en raconte, avait dit le juge.

Par quoi je commence ?

Parlez-moi d'elle. Parlez-moi de Tina.

3

Un silence. De Tina j'ai d'abord entendu un silence. On l'avait invitée à la radio un matin pour la promo de sa pièce, l'animateur venait de lui demander si le théâtre ne faisait que reproduire le réel, ou s'il le transcendait pour atteindre une forme d'universel, question à laquelle en retour on n'obtient le plus souvent qu'une réponse éculée – pas le genre de Tina qui avait décidé d'y réfléchir *vraiment*, comme si elle pesait intérieurement chacun de ses mots.

Résultat, un blanc, un long blanc que l'animateur a comblé comme il pouvait, en rappelant l'heure qu'il était (9 h 17), le nom de la station et celui de son invitée, son âge (vingt-huit ans), sa profession (comédienne), le titre de la pièce (*Deux jours et demi à Stuttgart*) dont elle partageait l'affiche et qui lui valait une nomination aux Molières (de la révélation féminine) et enfin son sujet (l'ultime rencontre entre Verlaine et Rimbaud, les deux jours et demi qu'ils avaient passés ensemble à Stuttgart en février 1875), avant de reformuler la question (alors, le théâtre, mimétisme ou mimèsis ?)

J'étais chez moi, dans la salle de bains, la radio posée sur la machine à laver, je me brossais les dents et je pouvais entendre distinctement le frou-frou des brins de la brosse sur l'émail de mes dents, je pouvais entendre s'écouler le mince filet d'eau et surtout, surtout les silences de Tina, oui, j'entendais les silences de Tina, et je songeais qu'il faudrait établir une typologie du silence, les décrire puis les classer, du silence suggestif au silence oppressant, du silence solennel au silence désolé, du silence monotone d'un coin de campagne en hiver au silence pieux des fidèles à l'église, du silence éploré des chambres funéraires au silence contemplatif des amants au clair de lune, tous, il faudrait les décrire, jusqu'aux silences radiophoniques de Tina.

Ça a duré comme ça pendant dix minutes d'un silence quasi parfait, seulement interrompu par les questions de l'animateur qui les posait maintenant en s'excusant presque, comme s'il était intimidé par les silences réflexifs de Tina, de longs silences inhabituels à la radio, et dont les relances de l'animateur ne faisaient que redoubler l'intensité. Elle m'avait d'abord intrigué, puis elle m'avait agacé. Elle semblait s'écouter ne rien dire comme d'autres s'écoutent parler. L'animateur a fini par lancer une chanson : *Ton héritage,* de Benjamin Biolay – je m'en souviens comme si c'était ce matin même, je l'entendais pour la première fois, magnifique, cette chanson, *si tu aimes l'automne vermeil merveille rouge sang,* ai-je fredonné, ça vous dit quelque chose ? Non ? Bon.

Toujours est-il qu'après la chanson de Biolay Tina s'est mise à parler.

Non pas d'elle, non pas de sa pièce, non pas pour

répondre aux questions de l'animateur : elle s'est mise à réciter des poèmes. Combien de temps nous reste-t-il, a demandé Tina, dix minutes, c'est ça ? Alors laissez-moi vous offrir un peu de Verlaine, un peu de Rimbaud, laissez-moi vous réciter des poèmes. Et pendant dix minutes en direct à la radio, à une heure de très grande écoute elle a dit des vers, elle a commencé par un sonnet des *Poèmes saturniens*, et quand elle a eu fini de réciter celui-là, sans même laisser l'animateur la relancer elle a enchaîné avec un autre poème, de Rimbaud cette fois-ci : *Au Cabaret-Vert* sur le dernier vers duquel elle a dit écoutez, écoutez la double allitération, en *s*, en *r*, *la chope immense, avec sa mousse que dorait un rayon de soleil arriéré*, écoutez bien, et elle l'a répété, ce vers, en détachant chaque syllabe, en accentuant chaque phonème, et sans transition on a eu droit au *Bateau ivre*, aux vingt-cinq quatrains scandés de bout en bout comme ils devraient toujours l'être, d'une voix juste et posée, venue non pas des cordes vocales, non pas du frottement de l'air des poumons sur les replis du larynx, mais de plus loin, de plus bas, du cœur, des tripes, du bas-ventre, que sais-je, une voix qui vous fait *entendre* les clapotements furieux des marées, qui vous fait *voir* les lichens de soleil et les morves d'azur, les hippocampes noirs, les archipels sidéraux, et pendant qu'on pouvait écouter, sur une station concurrente, un élu local dénoncer un projet de réformes décidé en catimini par une bande d'incapables, véritable coup de rabot qui allait grever les finances des communes, et sur une autre un ministre défendre cette mesure nécessaire dans la conjoncture actuelle pour parvenir à l'équilibre budgétaire, relancer la croissance et retrouver la confiance des ménages, et sur une autre encore un leader syndical mettre en garde le chef du gouvernement qui se disait déterminé à garder le cap et néanmoins désireux de renouer le dialogue social, et sur une autre enfin un imitateur imiter tout ce monde entre deux rires affectés du patron de la matinale, Tina, elle, récitait de la poésie, et moi j'étais là, dans ma salle de bains, adossé au tambour de la machine à laver, et comme un million d'auditeurs ce matin-là je ne respirais plus qu'à la césure, entre deux hémistiches.

Je l'avais trouvée tour à tour artificielle et sincère, poseuse puis touchante, je ne savais pas à quoi m'en tenir, je ne savais pas si j'étais fasciné ou agacé ou les deux à la fois, mais elle m'avait donné envie d'aller la voir, sa pièce. Il ne restait que quelques places de catégorie 4, à trente-huit euros et à « visibilité réduite », et j'ai pensé naïvement qu'elle serait *partiellement* réduite, la visibilité, *dérisoirement* réduite, j'ai pensé qu'à ce prix je pourrais voir *au moins* les deux tiers de la scène et même, pourquoi pas, en prenant la peine de me pencher un peu, la scène tout entière – or ce que j'avais pris pour une mise en garde anodine était un euphémisme, doublé d'une véritable escroquerie : je me suis retrouvé sur un strapontin, derrière un poteau, que dis-je, un pilier, un pilier porteur, énorme, massif, et sans doute que si vous le retiriez, ce pilier, c'était tout l'édifice qui s'écroulait sur lui-même, et à ce moment-là je n'étais pas contre le voir s'écrouler sur les salauds qui me l'avaient vendue, cette place, car j'avais beau me contorsionner, j'avais beau passer mon cou derrière celui de mon voisin, rien. Je n'ai rien vu de *Deux jours et demi à Stuttgart.* Trente-huit balles, j'ai dit. Et soixante-dix balles d'ostéo. Pour le torticolis.

Autant vous dire qu'en sortant de là je l'avais mauvaise. D'accord, me direz-vous, ça ne m'avait pas empêché de tout entendre, de la première à la dernière réplique – celle, authentique, qu'a eue Verlaine en apprenant la mort de Rimbaud –, mais enfin j'aurais quand même voulu la voir, cette pièce « sensible et haletante » selon *Le Point,* « d'un réalisme sidérant » (*Le Monde*), « portée par deux comédiennes au sommet de leur art » (*Télérama*), avec « la jeune Lou Lampros, magistrale dans le rôle de Rimbaud » (*L'Officiel des spectacles*) et « la révélation de l'année dans celui de Verlaine » (*Elle,* qui parlait donc de Tina). Il n'y avait eu d'avis mitigé que celui du *Figaro* : « Un monument de verbiage à la scénographie sans grâce, à peine sauvé par sa distribution faussement audacieuse (les deux poètes incarnés par deux femmes, quelle idée !) » – phrase hélas un peu trop longue, avaient fait valoir les producteurs de la pièce, pour figurer *in extenso* sur l'affiche, mais qu'on avait quand même tenu à reproduire partiellement : « Un monument [...] ! » (*Le Figaro*).

C'était marqué comme ça, en lettres capitales, sur l'affiche à l'entrée du théâtre : « UN MONUMENT [...] ! » (*Le Figaro*), et juste au-dessus il y avait le nom de la pièce, et encore au-dessus les visages des deux comédiennes, Lou et Tina, dos à dos, et j'ignore pourquoi, mais j'ai été comme happé par le regard, par les yeux de Tina – des yeux...

Que votre ami, a dit le juge, évoque dans un poème.

mon insomnie
continuelle
la zizanie
perpétuelle
la symphonie
habituelle
de mes nuits :
le vert inouï
de tes yeux
(et en plus ils sont deux)

Pas de doute, j'ai dit, ce sont bien les yeux de Tina, ils sont verts, ils sont deux, pas de doute. Des yeux d'un vert, mon Dieu. Un vert propre à ses yeux : des yeux vert-de-tina. L'Amazonie vue du ciel, disait Vasco, avec un zeste de bleu : l'iris a la vigueur de la houle ; tout est grondement, roulement, tohu-bohu perpétuel où se noie la pupille, comme un navire démâté par l'orage. Et sur l'affiche aussi ils étaient verts, ses yeux, mais d'un vert pâle, un vert délavé d'après la pluie ; elle avait un demi-sourire, un menton carré, légèrement proéminent ; une moustache postiche lui mangeait la moitié du visage.

Et j'aurais pu lui dire, au juge, comment j'étais parvenu, *via* le producteur de sa pièce que je connaissais plus ou moins, à faire sa rencontre, comment elle et moi étions devenus amis, oui, j'aurais pu lui dire la tendre complicité qui depuis m'unissait à Tina (je ne prétends pas qu'au début je n'avais pas eu envie de coucher avec elle, elle aussi y avait songé quelque temps, disons que l'idée l'avait effleurée, et bien qu'elle n'ait jamais rien laissé entendre en ce sens, j'aime à croire que ce fut le cas, mais elle n'avait aucune intention d'être infidèle à Edgar – et cela va de soi, c'était avant Vasco. Et puis l'envie nous était passée, nous étions parvenus à sublimer ce désir, à fragmenter l'éros pour n'en garder que sa dimension spirituelle – tant mieux : notre amitié valait mieux qu'un corps-à-corps éphémère, et d'une certaine façon elle était déjà de l'amour, et c'est peut-être ça, l'amitié : une forme inachevée de l'amour).

J'aurais pu lui dire tout ça mais ça n'était pas le sujet. Le sujet, c'est que nous avions pris l'habitude de nous voir une fois par semaine, le jeudi après-midi – c'était jour de relâche au théâtre. Nous nous retrouvions à l'Hôtel Particulier, qui présentait le double avantage d'être à deux pas de chez moi et pas trop loin de chez elle : ainsi je n'avais jamais à l'attendre longtemps. Elle disait souffrir depuis plusieurs années d'une pathologie qu'elle craignait irréversible : elle omettait de prendre en compte le *temps de trajet*. Elle ne partait de chez elle qu'à l'heure où elle était attendue, comme si, d'un claquement de doigts, elle pouvait se retrouver sur le lieu de rendez-vous où elle arrivait en général en retard d'un quart d'heure, parfois plus, jamais moins – elle ratait des trains, elle offusquait des gens, c'est comme ça, mon vieux, il faut t'y faire, disait Tina. Alors quand un jeudi après-midi je lui ai fait savoir que je recevais des amis à dîner samedi soir, qu'il y aurait ce Vasco que je voulais lui présenter, et qu'elle m'a dit *j'essaierai de passer* (elle avait déjà quelque chose de prévu), il m'a semblé tout naturel qu'il ne fallait pas trop compter sur sa présence parmi nous ce soir-là.

4

Vasco n'aimait que les brunes ou les blondes or les cheveux de Tina tiraient vers le roux – auburn, avec des reflets acajou. Tina n'aimait les garçons qu'aux yeux verts, or ceux de Vasco étaient bleus, avec une touche de marron. Elle n'était pas du tout son genre ; il n'avait jamais été le sien. Ils n'avaient rien pour se plaire ; ils se plurent pourtant, s'aimèrent, souffrirent de s'être aimés, se désaimèrent, souffrirent de s'être désaimés, se retrouvèrent et se quittèrent pour de bon – mais n'allons pas trop vite en besogne.

Il n'avait pas fallu bien longtemps après ça, après sa rencontre avec elle, pour que Vasco m'assaille de questions. Il voulait tout savoir de Tina, un peu comme vous, j'ai dit, qui voulez tout savoir de Vasco. Car elle était venue, finalement. En retard, comme d'habitude, mais elle était venue. Nous en étions au dessert, Vasco s'entretenait de bowling avec Malone, son avocat – qui en ce temps-là n'était pas *son* avocat, mais *un* avocat que nous avions pour ami. Et je les écoutais d'une oreille, j'écoutais Vasco lui raconter la seule fois de sa vie où il avait joué au bowling, c'était un mercredi soir à Joinville-le-Pont, un cauchemar, disait Vasco, il se souvenait encore de sa boule qui finissait une fois sur deux dans les rigoles en bordure de la piste, des quilles toujours droites, comme une armée de soldats nains prêts à fondre sur lui, et du zéro humiliant qui s'affichait sur le panneau d'affichage. J'ai vécu des heures outrageantes au bowling de Joinville-le-Pont, disait Vasco quand on a toqué à la porte. C'était Tina.

Un bouquet de jonquilles qu'elle avait dans les mains dissimulait son visage, mais je pouvais voir, de part et d'autre du bouquet, ses cheveux et ses boucles d'oreilles, des boucles immenses ornées de pétales d'hortensia, et qui la faisaient ressembler à une princesse andalouse – à l'idée que Vasco se faisait d'une princesse andalouse, et d'ailleurs c'est comme ça que plus tard il l'appellerait, *ma princesse andalouse*, il dirait. Tiens, c'est pour toi, m'a dit Tina ; alors j'ai mis les fleurs dans un vase pendant qu'elle s'excusait du retard, elle arrivait d'une autre soirée, elle avait un peu picolé, est-ce que j'avais du champagne ? Je lui ai servi une coupe, elle a trinqué avec nous, je ne sais plus de quoi nous avons parlé, je me souviens que nous l'écoutions sans rien dire, Vasco surtout qui semblait fasciné : il la regardait avec un sourire un peu niais, droit dans les yeux, comme s'il voulait vivre là où portait son regard. *Je te promets* s'échappait d'un tourne-disque, mais le vinyle était rayé, et la voix de Johnny butait sur le mot *couche* de « Je te promets le ciel au-dessus de ta couche » – couche, couche, couche, bégayait Johnny, alors Tina s'est levée, elle a soulevé la pointe du tourne-disque, et comme il n'y avait plus de musique...

Elle s'est mise à chanter, a dit le juge.
Merde, j'ai dit. Comment vous savez ?
Tenez. Lisez.

> Qui pour lui arriver à la cheville ?
> Vous m'en voyez navré, ni vous ni nous !
> Comment ne pas l'adorer à genoux,
> Cette fille ?
>
> L'avez-vous vue quand elle fait la moue ?
> Voyez ses pommettes, et là-dessous
> Les fossettes, les deux tout petits trous
> Sur les joues.
>
> Et des yeux ! voulez-vous que je vous dise ?
> Yeux qui flambent et ne font pas semblant
> De ressembler aux grands cierges tout blancs
> Des églises.
>
> Et si d'un coup la musique s'arrête ?
> Qu'on ne se laisse pas désenchanter
> Car Tina soudain se met à chanter
> À tue-tête.

Elle était debout, à côté du tourne-disque où ne tournait plus aucun disque, et elle a repris les paroles là où avait buté la voix de Johnny. Elle chantait *Je te promets* a cappella, les yeux fermés, une main devant la bouche comme si elle tenait un micro. Et pendant qu'elle nous promettait des heures incandescentes et des minutes blanches, des secondes insouciantes au rythme de nos hanches, son pied battait la mesure, sa main tremblait, des larmes coulaient sur ses joues, elle chantait comme si elle se trouvait sur scène, à l'Olympia ou à Bercy, avec des trémolos de ténor dans la voix, avec une ferveur qu'à ce jour je n'ai *jamais* revue chez aucun interprète, et c'était à la fois pathétique et déchirant, émouvant de la voir y mettre autant de cœur, car elle chantait faux, Tina, sans aucun rythme, sans aucune harmonie, toujours une octave au-dessus, jamais dans le ton. Une casserole, une vraie de vraie.

Et quand elle a eu fini de chanter, elle a salué son public avant de siffler une autre coupe de champagne, puis elle a dit je vous laisse, je dois filer, et elle nous a tous embrassés avec une effusion excessive, comme si nous étions sa famille, la seule famille qu'elle avait au monde, et pour Vasco ce baiser, ce fut comme un uppercut suivi d'un crochet. K.-O., voilà comment Tina l'avait laissé, au point qu'il est rentré chez lui en oubliant son blouson, et je l'entends encore toquer le lendemain dès huit heures à ma porte, y tambouriner comme un dératé sous prétexte que je tardais à lui ouvrir – j'étais dans un état de post-ébriété qu'il me faut bien qualifier d'assez lamentable. Il m'avait d'abord fallu méditer sur l'opportunité de m'extirper de mon lit, enfiler un caleçon, traverser la chambre, déverrouiller la porte, après quoi j'avais prévu de lui recommander vertement d'aller se faire foutre, on n'avait pas idée de tirer comme ça les gens de leur lit le dimanche, mais je me suis ravisé : il avait apporté des croissants.

Tout, il m'a dit. Je n'ai pas eu le temps d'ouvrir la bouche qu'il m'a dit je veux TOUT savoir d'elle, d'où elle vient, où elle vit, avec qui, depuis quand, ce qu'elle fait et surtout : comment je peux la revoir. Vas-y. Je t'écoute.

Et bien sûr il avait déjà fait ses recherches sur Internet, il avait appris tout ce que Google pouvait bien lui apprendre, c'est-à-dire pas grand-chose, la part d'elle-même qu'elle avait bien voulu dévoiler, l'intime retranché de l'insignifiant et soustrait des secrets, tellement et si peu à la fois : Google, par exemple, ne savait pas qu'elle se conformait à l'adage selon lequel il fallait manger le matin comme un roi, le midi comme un prince et le soir comme un mendiant, non, Google ne savait pas qu'elle dînait de trois fois rien, d'une soupe, d'une pomme, d'un pépin de pomme, mais qu'elle petit-déjeunait comme un ogre, car Tina prenait des petits déjeuners pantagruéliques, je l'avais vue manger de tout, absolument de tout au petit déjeuner, tout sauf des tartines de beurre, elle détestait le beurre, et cela non plus Google n'en savait rien ; et Google ne savait pas qu'entre deux biscottes, deux yaourts, deux œufs mollets et deux cafés, Tina dès le matin se récitait toujours deux poèmes, un de Verlaine, un de Rimbaud : elle n'aimait rien tant que la poésie de Verlaine et Rimbaud.

Bingo, a dit Vasco. Je le tiens.

Le prétexte pour revoir Tina.

Le juge avait lu les rapports d'expertise, c'était là, sur son bureau, dans un gros dossier bleu, avec souligné au feutre noir : Affaire V. Ascot.

V., c'était pour son prénom, Vincent. Ascot, c'était son nom. V. Ascot : Vasco. Tout le monde l'appelait comme ça : ses amis, ses collègues, Tina, moi – tout le monde. Sauf Edgar. Et sauf le juge. Edgar disait : fils de pute. Ou, quand il voulait lui rajouter une particule, noblesse oblige : fils de pute de Vasco. Quant au juge, il disait Monsieur Ascot. Ou le mis en examen, puisque Monsieur Ascot était mis en examen. Ou votre ami, puisque le mis en examen était mon ami. Et de mon ami dans ce dossier il y avait beaucoup de choses, à commencer par le CV, et sur le CV de Vasco il y avait les études un peu bancales, un peu d'histoire, un peu de droit, puis la rencontre avec un bibliophile qui lui avait transmis la passion des livres rares, et puis ce stage à la BnF et cet après-midi qui avait *décidé de sa vocation* : il avait tenu entre les mains le manuscrit des *Contemplations*, et quand il en parlait Vasco citait surtout ce poème, le plus fameux du recueil, peut-être aussi le plus fameux de la poésie française, ce petit poème en trois quatrains d'alexandrins qui n'avait pas de titre et commençait par « Demain, dès l'aube, à l'heure où blanchit la campagne... ». Et Vasco le connaissait par cœur, ce poème, comme des milliers d'écoliers avant lui il l'avait ânonné d'une voix monocorde, ça parlait d'un père qui dès l'aube avait prévu d'aller sur la tombe de sa fille, y mettre « un bouquet de houx vert et de bruyère en fleur ». Et ça n'est qu'en lisant le manuscrit des *Contemplations* que Vasco avait appris que Victor Hugo avait d'abord songé déposer sur cette tombe, dans ce poème, « une branche de houx et de la sauge en fleur ». Il avait lu « Et quand j'arriverai je mettrai sur ta tombe / Une branche de houx et de la sauge en fleur », et ce dernier vers il l'avait vu raturé, remplacé par « Un bouquet de houx vert et de bruyère en fleur », et c'était comme s'il avait eu le père Hugo devant lui, et qu'il l'avait vu poser la plume, caresser sa barbe blanche et soudain se raviser, soudain jeter l'idée de la branche de houx pour lui substituer celle du bouquet de houx vert, plus euphonique et plus juste – voilà ce qui d'emblée l'avait fasciné dans la fréquentation des manuscrits : ce contact direct et intime avec l'œuvre qui se forge, cette faculté qu'ils donnent à *voir* la pensée.

Après ce stage il avait encore fallu faire une école et passer un concours, l'École des chartes et le concours de conservateur des bibliothèques. Il avait fait l'une, réussi l'autre, et puis il avait postulé à la Bibliothèque nationale de France, la bonne vieille BnF – où on l'avait embauché. Et tout cela qui pouvait peut-être aider à *cerner la personnalité* de Vasco, à expliquer les raisons de son geste, tout cela c'était dans le dossier bleu, c'était dans le rapport, c'était *sur* le bureau du juge, et moi qui me trouvais *dans* le bureau du juge je pensais qu'en dépit de tous les experts il y manquait, dans ce rapport, quelque chose d'essentiel – d'essentiel à mes yeux : comment Vasco et moi nous étions rencontrés.

C'était cinq ans plus tôt, je faisais des recherches pour un roman que j'avais prévu d'écrire, j'étais venu à la BnF, consulter un ouvrage ancien dont je croyais avoir besoin et qui devait finalement s'avérer inutile, puisque je n'ai jamais écrit ce roman. Vasco se trouvait dans la salle de lecture des livres rares, nous étions seuls ce jour-là, et il avait fini par m'expliquer en quoi consistait son métier de conservateur, à savoir remplir simultanément deux missions radicalement antagonistes : conserver les collections, c'est-à-dire ne pas les montrer, et les valoriser, c'est-à-dire les montrer. Rien de plus schizophrène.

La conversation s'était poursuivie, d'abord à la BnF où nous parlions exclusivement de littérature, puis en dehors de la BnF, dans un café à côté de chez lui, c'est-à-dire tout près de chez moi, où nous devions consolider l'affection que nous avions l'un pour l'autre – au point qu'assez vite il était devenu l'un de mes amis les plus proches. Et si je ne le voyais quasiment plus qu'à Montmartre, il m'arrivait encore de faire un saut en salle Y, celle de la Réserve des livres rares, où depuis quelques années déjà il officiait.

Que dirais-tu de voir les exemplaires originaux d'*Une saison en enfer* et des *Poèmes saturniens*?

C'est ce qu'il a écrit à Tina, puisqu'il avait exigé de moi son numéro.

Verlaine, elle l'avait découvert à vingt ans, dans un de ces rades qui lui tenaient lieu de maison secondaire. Elle en aimait la lumière blafarde, les tireuses à bière et le flipper dans un coin, à côté des chiottes; elle en aimait la compagnie des poivrots, pour qui l'avenir se lit dans des sous-bocks, des jeux à gratter, pour qui le petit coup rend la vie tolérable. L'exemplaire des *Poèmes saturniens* traînait sur la banquette en skaï rouge; elle s'était mise à le lire; elle s'était mise à pleurer. Les larmes ruisselaient sur ses joues : elle avait trouvé dans Verlaine un semblable et un frère, quelqu'un qui comme elle avait voulu échapper au réel, le piètre réel que désavoue la fiction de l'ivresse, qui comme elle avait eu le cœur vaste et comme le sien dévasté, comme elle avait dansé au bord de l'abîme, y avait chu, mais en était revenu avec des vers lumineux, pleins de *fantômes vermeils* et de *soleils couchants sur les grèves.* De Verlaine elle était venue à Rimbaud, elle avait d'abord lu les poèmes de jeunesse, puis les *Illuminations,* puis ce petit texte sombre et furieux qu'elle appelait familièrement *la Saison.*

Il y a une volupté à se laisser ensevelir sous les mots : la poésie l'avait amenée au roman, le roman au théâtre, le théâtre à prendre des cours d'art dramatique, à s'inscrire au concours du Conservatoire une première fois, à échouer, à s'y inscrire de nouveau, de nouveau à échouer, mille cinq cents candidats pour trente places, aucune chance, c'était Verdun, les Dardanelles, pire que la première année de médecine, de la boucherie, à sa troisième et dernière tentative les deux premières auditions se passent bien, mais pas la troisième, pas la scène en vers qu'elle foire à moitié, enfoiré de Corneille, or il se trouve que non, finalement elle le réussit, ce concours, et c'est avec l'étrange sensation d'accomplir là son devoir à l'égard de la vie qu'elle entre au Conservatoire ; et depuis qu'elle en était sortie sa vie entière s'éprouvait par le théâtre, *dans* le théâtre, sa vie c'était ça, c'était apprendre son texte et le dire en public, ça allait de pair et c'était nécessaire, comme inspirer, expirer, il n'y avait pour l'apaiser que les trois coups de brigadier ou la lecture des poèmes de Verlaine et Rimbaud – inestimable viatique qu'elle n'avait même plus besoin de lire, elle les connaissait, leurs poèmes, elle pouvait les dire de mémoire, peut-être pas tous mais la plupart, et pas seulement les plus connus, pas seulement *Chanson d'automne* ou *Sensation*, et quand on s'étonnait qu'elle les sût *par cœur*, elle disait simplement, en se touchant la poitrine : mais je n'y suis pour rien, c'est là qu'ils vont.

Je dirais OUI, a répondu Tina, très sobrement, au SMS de Vasco.

5

Oui, c'est aussi ce qu'elle a dit à Edgar, quand il lui a demandé si elle voulait être sa femme.

Et quand le juge m'a demandé, à moi, de lui parler d'Edgar Barzac, quand il m'a dit, le mari, vous le connaissiez, le mari, vous l'aviez déjà vu, une fois seulement, j'ai dit, à un dîner, chez lui – chez eux, me suis-je corrigé. Chez Edgar et Tina.

Et bien sûr j'aurais pu commencer par lui décrire Edgar, j'aurais pu commencer par lui dire qu'il avait la trentaine déjà bien avancée, une mâchoire carrée, les yeux verts lui aussi, les cheveux blonds, très blonds, et qu'il mesurait un mètre quatre-vingt-dix au bas mot. Quoi d'autre ? On ne le voyait jamais sans sa doudoune. Jamais. Il avait grandi en Provence, dans une bastide où vivaient toujours ses parents. *La* bastide. Celle du mariage. Immense bâtisse en pierres, au milieu des cyprès, des oliviers. Tout ça dans la famille depuis des lustres, très bourge et très catho, la famille. Un peu pingre, aussi : l'hiver, par mesure d'économie, on se dispensait de chauffer toutes les pièces de la maison familiale. Edgar en avait gardé une sensibilité exacerbée au froid : voilà pourquoi par-dessus sa veste de costume il portait une doudoune matelassée, sans manches, en nylon bleu marine, et c'est la première chose qui m'a frappé, la première fois que je l'ai vu.

La doudoune, j'ai dit. On ne le voyait jamais sans sa doudoune. Il se savait en beauté dans sa doudoune, *malgré* sa doudoune, et c'est d'ailleurs comme ça que par métonymie Vasco l'appelait, il ne disait pas Edgar, il ne disait pas Barzac, il disait : la doudoune. La doudoune est fâchée, la doudoune veut ma mort. Et en dépit de cela, en dépit de la doudoune, il avait cette élégance naturelle, cette grâce nonchalante que les Italiens appellent *sprezzatura* – un raffinement qui n'a rien d'ostentatoire, on l'a ou on ne l'a pas : Edgar l'avait (Vasco, non). Et puis il était bâti comme un athlète, Edgar : les épaules étaient larges, le torse, les bras musclés, on pouvait le croire taillé dans du marbre, et quand je l'ai vu à côté de Tina, quand je les ai vus assis l'un à côté de l'autre dans le canapé du salon, j'ai songé qu'il ne devait pas être déplaisant, vraiment pas déplaisant de voir baiser ces deux-là.

C'est avec Vasco surtout que Tina baisait alors, mais Edgar n'en savait rien, et plus tard dans la soirée j'avais éprouvé de la gêne à l'écouter me raconter, à moi qui savais tout, sa rencontre avec elle.

C'était à l'époque où Tina ne faisait plus de théâtre. Elle ne voulait plus en entendre parler, du théâtre. Plus depuis *Cyrano*. Plus depuis qu'un metteur en scène assez connu lui avait proposé le rôle de Roxane – son *premier* premier rôle ! –, qu'il l'avait d'abord trouvée é-pa-tante, comme il disait, si épatante qu'il avait fini, sous prétexte de lui parler de la pièce, par l'inviter à dîner. Dîner après quoi lui ayant fait des avances il avait essuyé un refus. Refus suite auquel il l'avait trouvée tout à coup moins épatante, quelque chose n'allait plus dans son jeu, elle n'était peut-être pas la Roxane qu'il cherchait, et d'ailleurs il n'était plus si certain qu'elle soit taillée pour le rôle. Bon, se dit Tina, je vais hériter d'un second rôle, encore un, mais non, pas de second rôle, ils sont tous pris, les seconds rôles, pas même un rôle de figurante, il n'y en a plus : le metteur en scène lui propose d'être un arbre.

Vous connaissez le théâtre ? Même ceux qui ne connaissent rien au théâtre, même ceux qui n'y ont jamais mis les pieds connaissent *Cyrano*. Au moins dans les grandes lignes. Le nez, la tirade du nez, la scène du balcon... Acte III, scène 7 : Cyrano souffle à Christian ses mots d'amour, Roxane sur son balcon se pâme, vous voyez ? Il voyait, le juge. Il voyait bien. C'est l'arbre en bas du balcon qu'il voulait la voir faire, le metteur en scène. Il voulait que le costumier lui accroche des branches au bout des bras, et qu'elle les tende. Un élément de décor. Trois ans de Conservatoire et on voulait la réduire à un élément de décor. Coûteux, et qu'on aurait pu employer à meilleur escient, en lui donnant par exemple un peu de texte mais non, on lui demandait de venir sur scène et de tendre les bras. Je me casse, dit Tina. Je vous laisse avec vos branches et je me casse. Fini, le théâtre. Maintenant, elle vend des bouquins.

Mais revenons un peu en arrière.

Aux *années basques*, à Biarritz, quand Tina qui s'appelle

encore Albertine vient d'avoir dix-huit ans : elle a décroché le bac, une mention Assez bien avec un 18 en français ; c'est l'été, elle n'est pas sûre de savoir ce qu'elle veut faire à la rentrée, elle hésite entre une fac de lettres et ne rien foutre, certains prétendent que c'est un peu la même chose. Elle sait seulement qu'elle veut partir, qu'elle veut vivre à Paris. Elle a une petite valise à roulettes, un sac Eastpak qui lui tombe sur les fesses, la vie devant elle et la ville à ses pieds – six étages sans ascenseur *sous* ses pieds : elle a trouvé un studio à Barbès, son proprio est aussi celui d'un kebab qui fait salon de coiffure, il appelle ses clients *chef*, et les clients disent : bien dégagé derrière les oreilles, avec de la sauce samouraï. Elle change de prénom : elle ne veut plus qu'on l'appelle Albertine, qu'on dirait inventé pour initier aux rimes grivoises dans les cours de récré. Albertine devient Tina, Tina découvre le théâtre, cinq ans passent, elle arrête le théâtre. Elle se demande ce qu'elle va bien pouvoir faire de sa vie : si ça ne tenait qu'à elle, elle la passerait à lire, à baiser et à boire. Elle ne cherche pas à aimer ni à être aimée, mais à baiser autant que possible, à jouir, à faire jouir, à s'absoudre d'avoir joui en se répétant la phrase de Baudelaire – *Qu'importe l'éternité de la damnation à qui a connu dans une seconde l'infini de la jouissance* –, car elle trouve dans la jouissance un exutoire et un répit, la disparition provisoire du fardeau quotidien qu'est *le métier de vivre.*

Elle rencontre un bouquiniste, sympathise avec lui. Il lui parle des avantages du boulot – les horaires libres, le monde entier qui défile, le bureau à ciel ouvert et la Seine à ses pieds ; il passe les inconvénients sous silence, lui fait savoir que des places se libèrent. Pose ta candidature, il lui dit. Elle fait la queue à la mairie de Paris, avec sous le bras une pochette, dans la pochette un CV, une lettre de motivation, des photocopies en tous genres ; il n'y a qu'une vingtaine de places à pourvoir pour plus de cent candidats : elle n'est pas prise. Le bouquiniste lui propose de faire *l'ouvre-boîte* : trois jours par semaine elle le remplace, moyennant vingt pour cent des recettes ; la voilà du vendredi au dimanche quai des Grands-Augustins, devant des boîtes vert bouteille.

Et voilà qu'un jour passe Edgar. C'est un soir de février, il vient de faire son jogging le long de la Seine, il s'étire maintenant devant les boîtes de Tina. Il fait froid ; il la voit qui grelotte ; il retire sa doudoune. Tenez, prenez ça, lui dit Edgar en la posant sur ses épaules ; elle a l'air désemparée ; elle ne dit pas un mot, mais les larmes ont l'éloquence que les lèvres n'ont pas : ce que les lèvres taisent, les yeux le disent ; Tina se met à pleurer. Elle pleure dans les bras d'Edgar parce qu'elle n'en peut plus d'être elle-même, elle a le sentiment de danser sur une crête étroite, au bord de l'abîme ; et dans ses bras elle n'est plus qu'un pantin pantelant de larmes et qui répète, avec une solennité douloureuse, qu'elle est fatiguée, juste fatiguée. Cette nuit-là ils dorment ensemble, et pour la première fois depuis longtemps Tina se sent apaisée.

Elle a toujours eu depuis l'enfance un grand cerf qui brame au fond d'elle, un cerf à seize cors dont les bois lui ravagent les entrailles. Depuis qu'Edgar est dans sa vie le cerf est toujours là, mais comme recroquevillé, et surtout dépourvu de ses bois, comme si Edgar les avait fait tomber. Elle dort chez lui deux ou trois nuits par semaine, puis cinq ou six, et de fil en aiguille, Edgar lui ayant brossé un tableau si convaincant des béatitudes de la vie conjugale, on parle d'emménager tous les deux. Elle résilie son bail, fait ses cartons – il y en a dix, dix cartons, se dit-elle, voilà dans quoi tient mon passé. Sur un morceau de carton – le revers de l'emballage du papier à rouler OCB –, elle écrit son nom accolé à celui d'Edgar, leurs deux noms l'un à côté de l'autre, seulement séparés par l'élégante esperluette, Edgar & Tina, Edgar & Tina, Edgar & Tina, se répète Tina en lisant le morceau de carton, et elle le scotche sur *leur* boîte aux lettres. Elle reprend le théâtre ; les années passent ; elle tombe enceinte. Elle est sur le point de *fonder une famille.* Un vrai bordel, la famille, pensait Tina : il fallait faire coexister sous un même toit, dans un espace restreint, des gens qui le plus souvent n'avaient pas le même âge ni les mêmes centres d'intérêt ni les mêmes aspirations ni le même caractère, qui parfois avaient des caractères radicalement opposés, des sensibilités radicalement différentes, si différentes qu'on se parlait à peine, ou bien on se parlait sans se comprendre, on comprenait surtout qu'on n'avait, au fond, pas grand-chose à se dire, c'était comme si l'on venait de cultures différentes et qu'on ne partageait pas la même langue, et néanmoins il fallait faire tenir tout cela ensemble, envers et contre tout, on ne savait trop comment, elle en tout cas n'en avait pas la moindre idée, un vrai bordel, la famille, se répétait Tina, et puis être mère, quelle plaie.

Avant d'être enceinte, elle disait : une femme qui veut mourir ne se tue pas, elle devient mère ; et quand elle recevait un faire-part de naissance, elle envoyait ses condoléances. Elle hésite, elle pense ne pas le garder, elle fait une première échographie, ils sont deux; et sans réfléchir, sans même hésiter ne serait-ce qu'une fraction de seconde, elle dit : on les garde. Et le jour du premier anniversaire des jumeaux, un an jour pour jour après qu'elle a accouché d'Arthur et Paul, Edgar met un genou à terre, sort de sa poche une bague en or blanc sertie d'un saphir et lui demande si elle veut être sa femme – le mariage devra se faire à l'église, précise Edgar : ma mère y tient, et tu sais comme elle est.

Et ce soir-là, le soir où elle m'avait invité chez eux à dîner, le soir où Edgar m'avait raconté leur rencontre, j'ai demandé à Tina si elle croyait en Dieu.

Tu vois ce champagne? Ce champagne, m'avait dit Tina en me montrant la coupe de Ruinart qu'elle avait devant elle, c'est l'Univers, et les petites bulles qui remontent, ce sont les planètes. Nous vivons sur une de ces bulles, et certains d'entre nous sur cette bulle voient le sommelier qui nous sert le champagne, ou croient l'avoir vu, ou espèrent le voir. Et puis elle avait ajouté : moi, le sommelier je ne l'ai jamais vu, je me fous bien de le voir et le champagne, je le bois. Elle avait quand même accepté de se marier à l'église.

6

La Grande réserve
Mais nous deux, sur la réserve
(Puis toi sur la table)

Soixante-dix-neuf, a dit Vasco en montrant les tours de la BnF : elles font soixante-dix-neuf mètres de hauteur. Et comme Tina se taisait, Vasco a continué à l'abreuver de chiffres : la BnF accueillait chaque année plus d'un million de visiteurs, elle comptait quatre mille places de lecture, quatre-vingt-un ascenseurs dont quatre en panne depuis trois jours, seize escalators et six cent cinquante W.-C. Il y avait aussi huit kilomètres de rail qui permettaient l'acheminement de milliers de documents des magasins jusqu'aux salles de lecture. Mais ça n'était pas tout : cent trente et une centrales de traitement d'air, mille trois cents ventilo-convecteurs et six cent cinquante-huit ventilateurs de soufflage et d'extraction renouvelaient l'air en continu, et c'est filtré qu'il arrivait dans les magasins, les bureaux et les salles de lecture : l'air qu'on respirait à la BnF était meilleur que celui des alpages de montagne. En cas d'épidémie, c'est ici qu'il fallait se réfugier.

Deux jours après le SMS de Vasco, ils s'étaient retrouvés en bord de Seine, sur l'immense esplanade de la BnF, au pied des quatre tours angulaires qui se tenaient là comme quatre livres ouverts sur la tranche, à contempler en silence la canopée en contrebas ; ils étaient pardessus les arbres dont ils ne voyaient que la cime, l'un et l'autre muets, timides, *sur la réserve*, m'a dit Vasco, comme si au fond d'eux ils avaient la prescience de ce qui allait advenir, comme s'ils savaient qu'allaient se jouer là des secondes irrévocables, et qu'il était encore possible de faire machine arrière, d'enrayer cet implacable mécanisme qu'on appelle pédamment le *fatum*, moins pédamment le destin, d'en *déjouer les caprices*, mais alors il aurait fallu que Tina le prie de bien vouloir l'excuser, ou mieux encore qu'elle ne lui fît aucune excuse et reparte aussitôt, qu'elle descende à reculons la volée de marches qu'elle venait de monter, qu'elle s'engouffre dans le métro dont elle venait de sortir, et le prenne à nouveau, mais cette fois-ci dans l'autre sens, la 14 jusqu'à Saint-Lazare puis la 3, qu'elle descende à Malesherbes et rentre chez elle. Rembobiner le film, voilà ce qu'il aurait fallu, ou que le film soit muet, mais elle n'a pas bougé, Tina – et Vasco s'est mis à parler.

Et quand plus tard, beaucoup plus tard ils se souviendraient de ce premier tête-à-tête, et qu'ensemble ils évoqueraient le monologue de Vasco, ce *monologue originel*, diraient-ils comme on le dit du péché, Tina lui confierait qu'à ce moment-là elle avait pensé OK, ses poumons sont parfaits mais le mec est chiant comme la pluie. Et nus dans les draps froissés d'une chambre d'hôtel ils riraient de leur gêne, du rire gêné qu'elle avait eu alors sur l'esplanade de la BnF, car en effet Tina avait ri, d'un rire nerveux qu'elle avait essayé de réprimer, mais elle était incapable de maîtriser son fou rire, à ce moment-là elle regrettait d'être venue, elle cherchait dans sa tête une excuse pour s'éclipser, tant pis pour Verlaine, tant pis pour Rimbaud, et n'en trouvant aucune elle se disait putain, ça va être long, très long – or elle était à mille lieues d'imaginer que ce type, ce raseur qui l'avait assommée de chiffres, serait une heure plus tard entre ses cuisses.

Et donc ils sont entrés dans la bibliothèque. D'abord il a fallu vider ses poches, ouvrir son sac, passer le portique de sécurité, un peu comme ici, j'ai dit, et puis Tina a dû laisser ses affaires au vestiaire, on lui a donné une mallette en plastique transparent dans laquelle elle a déversé une partie du contenu de son sac, puis elle s'est débarrassée de son trench, elle n'avait plus sur elle qu'un jean moulant, délavé, savamment effiloché au niveau des genoux, une ceinture en cuir noir, comme ses bottines, une chemise bleu ciel qu'elle ne boutonnait qu'aux deux tiers et qui laissait entrevoir, m'a dit Vasco, un soutien-gorge dont le blanc tirait vers le gris – la ronde des machines à laver lui avait ôté sa dimension érotique.

Ils sont passés par l'atelier de restauration, où Tina a pu voir à l'œuvre les chirurgiens de la BnF refaire les coins, les coiffes, les mors, les nerfs, les dos, les dorures de livres divers ; elle était fascinée par le soin méticuleux qu'ils y mettaient, subjuguée par leur patience, leur minutie ; elle s'était longuement attardée sur chaque outil qu'ils avaient sous la main, et sur le cuir, la toile, le papier Japon et la colle qu'ils utilisaient, il y avait, m'a dit Tina, beaucoup de colle, de la Klucel qu'un jour avait sniffée Vasco – il lui avait raconté comment se l'étant mise sous le nez et l'ayant inspirée, il avait plané pendant vingt minutes, dans une douce euphorie.

Après ça il a fallu passer un tourniquet, pousser de lourdes portes, descendre un escalator, de nouveau passer un tourniquet devant lequel se tenait un vigile, pousser d'autres portes, prendre d'autres escalators, longer un couloir au niveau du rez-de-jardin, et voilà, enfin on y était, la salle Y – la salle de consultation de la Réserve des livres rares. Là, il y avait des tables, et sur les tables des lampes individuelles, et aussi ces supports dépliables en velours ou en toile, qui s'enroulent sur eux-mêmes, et qui permettent de consulter un ouvrage sans en abîmer la reliure – on appelle ça des futons, m'avait appris Vasco, ou des berceaux, ça dépend de leur taille. Et normalement, s'il avait suivi la procédure, s'il s'était conformé au règlement, Vasco aurait dû faire patienter Tina en salle de lecture, aller chercher lui-même l'exemplaire original des *Poèmes saturniens* qui se trouvait dans un magasin, c'est-à-dire, dans le jargon des bibliothèques, un espace de conservation fermé au public, où sont stockés des milliers de documents, le ramener en salle de lecture, le poser sur un futon, et la laisser en tourner les pages à sa guise ; au lieu de quoi il a guidé Tina dans un couloir au bout duquel se trouvait donc un magasin, accessible seulement à une poignée de conservateurs triés sur le volet, disposant d'un badge électronique qu'ils devaient en permanence avoir sur eux, et qui donnait accès à une pièce rectangulaire d'une cinquantaine de mètres carrés, sans autre porte ni fenêtres, où étaient conservés rien de moins que les trésors de la BnF. C'est là, dans la *Grande Réserve,* que Vasco avait prévu d'emmener Tina.

Au bout de la pièce, en face de la porte qu'il a pris soin de refermer derrière eux, se trouvait une table en merisier, rectangulaire, pas très large mais longue, un peu plus de deux mètres, et devant la table une chaise sur laquelle il l'a invitée à s'asseoir ; et trente secondes plus tard il est revenu avec un gros ouvrage aux tranches dorées, qu'il venait de tirer d'une boîte en carton. Il l'a posé sur la table, ou plutôt sur le berceau de velours grenat déjà sur la table, et puis, l'ayant ouvert avec précaution, après un long silence il a dit : cent quatre-vingts exemplaires de la Bible sont sortis des presses de Gutenberg à Mayence, entre 1452 et 1455 – le temps qu'il aurait fallu à un moine copiste pour n'en reproduire qu'un seul. Il en reste aujourd'hui quarante-neuf dans le monde, dont douze sur vélin. Parmi ces douze, quatre seulement sont complets. La BnF en possède un : il est là, devant toi.

Et quand le jeudi suivant Tina m'a raconté tout cela, quand elle m'a dit que Vasco avait mis devant elle, sous ses yeux, la Bible de Gutenberg, le tout premier livre imprimé, *le* joyau parmi les joyaux de la BnF, celui dont la valeur est si inestimable qu'on ne le montre à personne, *quasiment* à personne, bref, quand Tina m'a dit qu'elle l'avait tenu entre ses mains, et qu'elle en avait tourné les pages, et qu'elle avait vu, de ses yeux vu les ligatures, les abréviations, les lettrines, les enluminures, les caractères gothiques en latin sur deux colonnes de quarante lignes, abruptes comme les tours de Tolbiac, et qu'elle avait lu, de ses yeux lu la première phrase à l'encre rouge, mais aussi les corrections portées à la plume entre les lignes et dans les marges, et qu'elle a conclu : *un vieux grimoire, quoi,* je ne sais pas à qui j'en ai voulu le plus, à Vasco d'avoir sorti pour elle, qu'il connaissait à peine, la Bible de Gutenberg – au lieu de me la montrer à moi qui étais son ami le plus proche –, ou à Tina qui avait eu ce privilège et manifestement n'en avait rien, mais rien à brosser.

Après ça Vasco s'est éloigné deux minutes, le temps d'aller chercher un petit truc au fond de la salle, oh, pas grand-chose, les épreuves corrigées des *Fleurs du mal.* Enfoiré de Vasco, ai-je dit à Tina à l'égard de qui ma jalousie allait croissant quand elle a fait défiler, sur l'écran à moitié fissuré de son iPhone, les photos qu'elle avait prises : la dédicace un peu flagorneuse « au poëte impeccable », le « Bon à tirer » signé « Ch. Baudelaire », ses corrections portées à l'encre noire, cette virgule qu'avait supprimée l'imprimeur et rétablie le poète, et voyant cela c'est comme si je l'avais entendu pester contre lui, dire de sa voix que l'on ne connaît pas ces mots que l'on connaît : « Je tiens absolument à cette virgule ».

Je tiens absolument à cette virgule

Mais parmi les chacals, les panthères, les lyces,
Les singes, les scorpions, les vautours, les serpents,
Les monstres glapissants, hurlants, grognants, rampants
Dans la ménagerie infâme de nos vices,

Il en est un plus laid, plus méchant, plus immonde!
Quoiqu'il ne fasse ni grands gestes ni grands cris,
Il ferait volontiers de la terre un débris
Et dans un bâillement avalerait le monde ;

Puis Vasco s'est de nouveau éloigné, la laissant seule avec *Les Fleurs du mal*, pour revenir, un peu plus tard, avec l'exemplaire original d'*Une saison en enfer*. En le posant sur la table, ses doigts ont effleuré ceux de Tina, qui a senti monter en elle une immense bouffée de désir, un désir vif et soudain, aigu, un imparable besoin de s'abandonner au plaisir qui lui creusait le ventre ; or le plaisir, elle en éprouvait presque plus à le dispenser qu'à le recevoir, elle le tirait surtout de celui qu'elle procurait, et des mois plus tard dans cette chambre d'hôtel elle avouerait à Vasco qu'après ce contact furtif, cet effleurement, elle avait eu envie de lui, elle le lui dirait crûment, sans détour, elle lui dirait de ces choses que répudie le beau langage, j'avais envie de toi, j'étais à ça, dirait Tina en rapprochant son pouce de son index, de dénouer ta ceinture, d'arracher ton caleçon et de te prendre dans ma bouche, j'avais une *furieuse envie* de ta queue, de la sentir grossir sur ma langue, entre mes lèvres, de te branler, de te sucer, de t'avaler, je voulais t'adorer à genoux, mon amour, voilà ce que lui dirait Tina dans cette chambre d'hôtel, mais cela je ne l'ai pas dit au juge, non, je me suis borné à lui rapporter qu'ils n'étaient plus que deux corps dominés par la puissance aveugle d'un désir dont ils différaient les assauts, le moment où finiraient par s'effleurer leurs lèvres, car c'est là que réside l'acmé du plaisir, dans cet instant souvent bref où rien n'est dit et néanmoins tout est joué, c'est inéluctable et délectable, on le sait, il arrive, il est là, le baiser.

Puis Vasco est allé chercher l'exemplaire original des *Poèmes saturniens* qu'il a posé entre les mains de Tina. Les mains de Tina qui tremblaient l'ont ouvert, et Tina, les yeux écarquillés comme ceux d'un enfant, a commencé à lire les poèmes du recueil, elle les a lus dans l'ordre, *Résignation, Nevermore, Après trois ans, Vœu,* elle les lisait en silence, à voix basse, avec recueillement, comme on prie, m'a dit Vasco dont le récit jusqu'alors concordait avec celui de Tina, mais à partir de là les événements tels qu'ils me les ont rapportés divergent sur un point – un tout petit point mais qui n'est pas anodin. À partir de là Vasco assure que Tina l'a embrassé, or Tina soutient que pas du tout, au contraire, ce premier baiser, c'est de lui qu'il est venu, c'est lui qui en a pris, disait-elle, *l'initiative hasardeuse,* et chaque fois que l'un ou l'autre me racontait cette histoire, l'un comme l'autre, ça ne loupait pas, me demandait de prendre parti, et moi je suspendais mon jugement. Mais vous, j'ai dit, vous êtes juge, je vous laisse en juger :

Mets ton front sur mon front et ta main dans ma main,
Et fais-moi des serments que tu rompras demain,
Et pleurons jusqu'au jour, ô petite fougueuse !

C'est le dernier tercet de *Lassitude,* le cinquième des *Poèmes saturniens.* Et Tina qui avait lu les quatre premiers poèmes à voix basse, et qui même avait lu les vers de *Lassitude* à voix basse, tous, sans exception, les deux quatrains et le premier tercet, eh bien celui-là, ce premier vers du dernier tercet elle l'a lu à voix haute, distinctement, elle a dit *Mets ton front sur mon front et ta main dans ma main,* alors Vasco évidemment y a vu comme une invite, une injonction, et qu'est-ce que vous auriez fait à sa place ? Peut-être bien que vous auriez fait exactement ce qu'il a fait, peut-être bien que vous auriez mis votre front sur son front, et votre main dans sa main, et sur ses lèvres vos lèvres. Mais il ne l'a pas embrassée, non, c'est du moins ce qu'il prétend, un baiser, prétend Vasco, c'est quand les lèvres remuent, or il n'avait fait que les poser sur les siennes, comme si, m'a dit Vasco, elles réclamaient de la douceur, et alors Tina qui avait encore à la main l'exemplaire de Verlaine l'a soudain lâché sur la table et s'est levée d'un seul coup. Vasco a cru qu'elle se détournait de ses lèvres, et qu'elle allait partir sur-le-champ, et qu'il n'allait plus la revoir, et qu'elle ne voudrait jamais plus lui adresser la parole, au lieu de quoi Tina s'est mise à lui parler un autre langage, universel, immémorial, l'attrapant par la nuque et lui dévorant la bouche avec des gestes brouillons.

Vasco avait une main sur la taille de Tina, l'autre derrière sa nuque, et c'est lui qui maintenant l'embrassait, dans le cou, sur les oreilles, oreilles que le juge avait grandes ouvertes, il m'écoutait lui raconter comment Vasco qui avait Tina collée contre lui a défait les derniers boutons de sa chemise entrouverte, comment il a voulu dégrafer son soutien-gorge, d'abord avec une main puis avec l'autre, puis avec les deux à la fois mais rien à faire, c'était un système de fermeture à quatre rangées d'agrafes, une vraie saloperie, ça demandait des calculs trop savants, des opérations trop complexes, il m'écoutait lui dire enfin comment Vasco s'est contenté d'en glisser les bretelles, en sorte que Tina qui portait toujours son soutien-gorge avait quand même les seins nus.

Il n'y a pas trente-six moyens de faire l'amour – pas

dans la Grande Réserve en tout cas : debout contre des étagères, ou bien allongé sur le sol, ou bien allongé sur la table. Les étagères étaient pleines de livres, le sol était dur, froid, incommode ; restait la table. On a tous déjà vu ça dans un film, un bureau encombré de dossiers qu'on débarrasse d'un grand revers de main pour tirer son petit coup entre collègues, et bien sûr on a tous pensé le faire au moins une fois, et peut-être que vous aussi, sur ce bureau, j'ai ajouté avec un sourire égrillard, mais le juge n'a pas relevé, alors j'en suis revenu à Vasco qui s'est dit, pendant un instant, qu'il allait faire comme dans les films, sauf que là, sur cette table, ça n'était pas de vulgaires dossiers qu'on pouvait envoyer valdinguer à l'autre bout de la pièce, c'était la Bible de Gutenberg, c'étaient les épreuves corrigées des *Fleurs du mal,* c'était l'exemplaire original d'*Une saison en enfer,* c'était celui des *Poèmes saturniens* – c'étaient les livres les plus rares de la Réserve des livres rares, alors Vasco s'est détaché des lèvres de Tina pour lui dire : rangeons-les.

Et il faut imaginer ces deux-là, dans un état d'exaltation extrême, traversés d'un irrépressible désir, faits tout entier de cette envie qu'ils avaient l'un de l'autre, il faut les imaginer s'arracher l'un à l'autre et domestiquer leurs instincts, tempérer leurs ardeurs et remettre, avec le plus grand soin, avec la plus extrême précaution, chaque livre dans sa boîte, puis replacer chaque boîte à sa place – dans une bibliothèque qui comptait plusieurs milliers de livres, les livres qui n'étaient pas à leur place étaient des livres perdus, livres perdus qu'on appelait des fantômes, et rien n'effrayait tant Vasco que les fantômes. Et eux qui brûlaient toujours d'un désir infernal, méthodiquement, scrupuleusement ils ont rangé les livres à leur place.

Puis Tina s'est allongée les deux coudes en appui *sur la table*, et elle a soulevé le bassin pour que Vasco la débarrasse de son jean – il a dû s'y prendre à plusieurs reprises, il a fallu tirer encore et encore, ça coinçait au niveau des pieds, mais enfin il y est parvenu. Tina était presque nue maintenant, elle n'avait plus qu'un tanga bleu marine qu'elle a fait glisser le long de ses cuisses, au-delà des genoux, et Vasco l'a embrassée sur la bouche, sur les joues, dans le cou, sur les seins, il a continué à descendre, à se rapprocher de son sexe, d'abord verticalement puis par petits cercles concentriques, au-dessus du nombril, en dessous du nombril, à l'intérieur des cuisses, Tina pouvait sentir le souffle chaud de Vasco sur son sexe, il tournait autour, il était là, timide, hésitant, indécis au-dessus de cet abîme minuscule, il louvoyait, comme s'il avait peur d'y sombrer, au point que Tina n'y tenant plus l'a empoigné par les cheveux, poussant, dans un mouvement autoritaire et péremptoire, ses hanches vers la bouche de Vasco qu'elle a plaquée contre son sexe.

Alors la langue de Vasco s'est enfoncée dans le sexe de Tina, et ça n'avait pas ce petit goût doux-amer, aigrelet que ça pouvait avoir, c'était chaud, onctueux, humide, Tina se laissait faire, la tête en arrière, posée sur le berceau de velours, là où plus tôt s'était trouvée la Bible de Gutenberg, Tina la chevelure en désordre, les yeux mi-clos, la bouche entrouverte, pendant que Vasco, accroupi, les bras tendus, les mains sur les seins de Tina, lui embrassait le sexe avec la langue, doucement d'abord puis *crescendo*, avant que Tina ne resserre progressivement ses cuisses autour du cou de Vasco, les serrant de plus en plus fort, si fort qu'il se sentait défaillir, il allait mourir là, la nuque enserrée entre ses cuisses, et c'est à peine s'il entendait son souffle court, ses injonctions à continuer, continue, continue, le suppliait Tina d'une voix étouffée, alors Vasco, vaille que vaille, avec une obstination forcenée à lui procurer du plaisir, continuait à lécher Tina qui ne voulait plus lâcher prise, Tina qui au moment de jouir s'est redressée d'un seul coup, entraînant la tête de Vasco dont la mâchoire est venue heurter violemment le rebord de la table – si violemment qu'il a perdu connaissance à ses pieds.

7

Souvent Tina repensait aux premiers jours, aux premières semaines avec Edgar : s'endormir sans faire l'amour semblait alors impensable, et l'on formait un seul et même corps bicéphale. Et puis la naissance des jumeaux les avait vus peu à peu espacer leurs ébats, d'une à deux fois par jour ils étaient passés à une à deux fois par semaine, puis à une ou deux fois par mois et voilà, depuis c'était ça, leur rythme de croisière : ils baisaient comme les campagnes de santé publique préconisent de boire, *avec modération.*

Trois soirs par semaine Edgar allait dans un club de fitness, où il s'adonnait au *crossfit,* au *burning cycle,* au *boxe & rope* ou au *body combat,* ce qui fait beaucoup d'anglicismes pour dire qu'il suait comme un bœuf, et les autres soirs, ceux où Tina étant sur les planches il restait seul à s'occuper des jumeaux, il trouvait quand même le temps pour une courte séance d'abdos gainage, histoire d'entretenir ce *six pack* qu'il exhibait complaisamment le dimanche, quand il retrouvait des amis au bois de Vincennes, où il jouait torse nu au base-ball – d'où la batte.

Les soirées d'Edgar étaient aussi sportives qu'étaient mornes, monotones ses journées ; dans l'insondable ennui de tâches subalternes, il s'échinait à gagner sa vie, en s'efforçant d'oublier qu'il aurait un jour à la perdre : il partait tôt le matin, partageait une course en Uber, un bureau au ministère des Finances, le plus clair de son temps entre des mails obséquieux à des adresses en .gouv.fr et des notes ou des rapports qu'il rédigeait dans l'espoir qu'un conseiller du ministre les lise, qu'il daigne les lire, les survoler plutôt, car Tina ne comptait plus les fois où il était rentré abattu, maugréant trois semaines, chérie, je me casse le cul depuis trois semaines avec ces quarante pages, et c'est à peine si ce con les a survolées. Pour le reste, il n'avait pas à se plaindre : il avait droit à six semaines de congés payés, un treizième mois et des tickets-resto.

Parce que son boulot l'angoissait, la nuit, il grinçait des dents. On lui avait prescrit une gouttière occlusale, à porter pendant son sommeil ; quand il l'avait dans la bouche, ça le faisait zozoter. C'était devenu son rituel : avant d'éteindre la lumière, il mettait sa gouttière, il embrassait sa « férie » dans le cou, et s'endormait. Tina s'en accommodait. La tendresse, l'affection qu'elle avait pour lui palliaient le plaisir qu'elle n'avait plus avec lui – qu'elle n'avait *jamais* eu avec lui, allais-je écrire, mais qu'en sais-je ? –, et quand le désir était si fort qu'il lui fallait l'assouvir – et cela je le savais, elle m'en avait fait la confidence –, elle se levait, s'allongeait sur son canapé, allumait son ordi, allait sur YouPorn, se faisait jouir rapidement puis retournait se coucher ; Edgar ronflait.

Et tout cela je ne l'ai pas dit au juge, pas besoin de

rentrer dans les détails, pas besoin de disserter sur la sexualité d'Edgar et Tina – qui n'était, d'ailleurs, que conjectures de ma part, peut-être que je noircissais le tableau –, mais enfin je crois qu'il avait compris qu'on était loin, avec Edgar, du double alexandrin hâbleur griffonné par Vasco :

Moi, dormir avec vous ? Pourquoi pas mais l'ennui
C'est que vous ne puissiez fermer l'œil de la nuit

Pardonnez-moi d'être cru, j'ai dit, mais au début j'ai bien cru que ça n'était que du cul, leur histoire.

J'avais tort : ils s'aimaient.

Disons plutôt qu'ils commençaient à éprouver l'un pour l'autre des sentiments analogues à ce qu'il est convenu d'appeler de l'amour, mais l'assomption de l'amour passe inévitablement par les mots, et ces mots-là ils n'osaient se les dire, cet amour-là ils n'osaient se l'avouer, ou s'ils se l'avouaient ça n'était qu'à eux-mêmes : informulé, leur amour restait inoffensif ; il n'était, tout au plus, qu'un bégaiement du cœur – un passe-temps comme un autre, fugace et frivole, ne prêtant pas à conséquences. Il valait mieux ne pas s'aimer, disait la chanson, qu'un jour ne plus s'aimer, alors Tina s'en tenait à des formules assez vagues, euphémiques : elle parlait de *troubles* ou d'*affinités électives*, et Vasco acquiesçait : ils ne s'aimaient pas, point, ils faisaient l'amour, voilà tout – et se juraient, chaque fois qu'ils le faisaient, que c'était la dernière fois.

Après qu'il avait perdu connaissance entre ses cuisses, Tina l'avait secoué, elle lui avait fait du bouche-à-bouche, elle avait fini par prendre son badge ; revenue de l'atelier de restauration avec un tube de colle, elle le lui avait mis sous le nez ; il avait aussitôt retrouvé ses esprits. Et puis ils étaient sortis de la BnF, penauds, muets comme une heure plus tôt mais pour d'autres raisons ; et ils avaient marché ensemble, en silence, jusqu'à la bouche de métro. Ils s'étaient quittés presque sans dire un mot. C'était fou, tout ce qu'on pouvait se dire sans même se parler. Pendant dix jours ils ne s'étaient plus donné de nouvelles. Vasco parce qu'il ne savait qu'en penser ; Tina parce qu'elle s'efforçait de ne plus y penser : c'était comme s'il avait d'un seul coup ravivé en elle un désir qu'elle croyait mort, et qui n'était qu'assoupi. Dès lors que vibrait son téléphone, son cœur se serrait, son espoir se ranimait : c'était *lui* qui l'appelait, *lui* qui venait de lui écrire. Or non, ça n'était pas lui, ça n'était jamais lui, si bien qu'elle avait pensé bloquer son numéro, davantage pour s'interdire d'espérer qu'il l'appelle ou lui écrive que pour lui interdire, à lui, de le faire, car ses journées alors ne se réduisaient plus qu'à cela : attendre et espérer. Et ils auraient pu s'en tenir là, ne jamais se revoir si Tina n'avait pas pris les devants, si elle ne lui avait pas écrit, un mercredi matin, après qu'elle avait déposé les jumeaux à la crèche : Je ne te dirais pas que je pense sans cesse à toi – une prétérition. Et si Vasco ne lui avait pas répondu : Ni moi que j'ai un peu envie de toi – un euphémisme. Et s'ils ne s'étaient pas revus le soir même – une connerie, si vous voulez mon avis.

Nous avions la nuit pour adresse
Pour compagnons d'âpres vins blancs
Au fond des yeux plein de tendresse
Et quelque chose de troublant

Nous étions assis face à face
Dans ce café en clandestins
Où nous écrivions ce qu'effacent
À présent les tours du destin

J'avais tes yeux d'un vert agreste
Rien que pour moi et pour cela
Je pourrais donner ce qui reste
De ma vie pour ces heures-là

Ces heures qui soudain reviennent
Dans la scansion de mes vers
Je voudrais que tu t'en souviennes
Comme d'un beau ciel bleu l'hiver

C'était le poème qui venait ensuite dans le cahier de Vasco.

Je ne sais plus le nom du café dans lequel ils se sont enivrés ce soir-là. Le poème ne le dit pas. Mais je sais, pour l'avoir appris et de l'un et de l'autre, qu'ils étaient l'un comme l'autre avides de leurs lèvres, et pas seulement de leurs lèvres. On sait comment se passent ces choses-là : l'un commence des phrases que l'autre finit, la bouteille est déjà vide, on en recommande une ; la complicité de verre en verre devient connivence, la connivence une évidence, mais une évidence qui reste en suspens : on a déjà reconnu dans l'autre un autre soi-même, on le tait, le temps passe, on voudrait pouvoir l'arrêter mais le café va fermer, on demande l'addition ; on se lève, on s'en va, on marche un peu dans la nuit, bras dessus bras dessous ; il pleuvine, on s'abrite un instant sous le porche d'un immeuble dont s'ouvre la porte, on se retrouve dans le hall, et si l'on est Tina on fixe ses yeux dans les yeux de Vasco, et si l'on est Vasco on lui fait le coup du haïku dans le cou.

Mais qu'est-ce donc là
Tapi au creux de ton cou ?
Oh ! Un haïku !

On s'embrasse, on se quitte à regret, on va se revoir assez vite, on le sait : on ne peut pas faire autrement.

On se revoit.

On est foutu.

Les soirs où elle jouait, Tina s'attardait dans sa loge, prenait des verres dans un troquet à côté du théâtre et rentrait tard, quelques fois bien après le dernier métro ; quand elle ne jouait pas, elle avait l'habitude d'apprendre son texte ou d'écrire la nuit, dans des cafés – elle disait : la nuit je suis de garde, au chevet des mots. Qu'elle jouât ou non, Tina pouvait rejoindre Vasco sans éveiller le moindre soupçon. Une à deux fois par semaine ils se retrouvaient au Relais de la Butte, un café de Montmartre : ils prenaient un verre ou deux puis marchaient dans les rues, ou bien ils restaient assis en terrasse. Cela devait faire un peu plus d'un mois qu'ils se *fréquentaient*, et c'est là, en terrasse du Relais de la Butte, que Vasco pour la première fois a vu rouler une larme sur la joue de Tina.

Le ravissement a deux acceptions : celle d'enchantement, de plaisir vif, mais celle aussi d'enlèvement, de rapt. Et c'est précisément cela que depuis quelque temps Tina éprouvait, le sentiment d'être enlevée à sa propre vie : celle d'une femme qui aimait un homme, qui lui était fidèle, et qu'elle allait épouser. Elle avait vu Vasco trop souvent, à des intervalles trop rapprochés, elle était maintenant sur le point d'être foutue, c'est elle qui disait ça, je suis à ça, disait-elle en rapprochant son pouce de son index, d'être foutue – sa façon de lui dire sans le dire qu'elle commençait à l'aimer. Elle s'en voulait, mais moi je crois qu'elle n'aurait pas dû s'en vouloir : on ne choisit pas de tomber amoureux, on le fait toujours *malgré* soi. Elle était, disait-elle, une grenade, une putain de grenade dégoupillée entre ses jambes, il était encore temps pour lui de les prendre à son coup, parce qu'entre elle et lui il n'y avait pas de lendemains, et sans lendemains, elle explosait.

Or d'ici quelques mois elle allait se marier, elle aimait son mari, elle ne voulait ni ne pouvait aimer un autre homme, il pouvait comprendre, non ? Mais Vasco ne comprenait pas, il ne comprenait rien, Vasco, il ne voyait pas qu'il y avait, dans l'exubérance, dans l'allégresse endiablée de Tina, dans cette façon qu'elle avait de se dévoiler sans pudeur, de se livrer sans réserve à qui croisait son chemin, amis intimes ou parfaits inconnus, dans l'illusion qu'elle leur donnait de tout leur donner, il ne voyait pas qu'il y avait là un moyen de mieux leur dérober l'essentiel : son tumulte intérieur, ses fêlures, l'insondable gouffre dans quoi s'engouffrait son immense solitude ; il ne comprenait pas qu'elle avait toujours éprouvé à l'égard du futur une inquiétude irrationnelle, démesurée, que sa vie lui avait toujours paru floue, instable, indécise, et qu'en vérité ce qu'il lui fallait c'était un type comme Edgar, qui l'apaisait, la rassurait, lui offrait de la *permanence*, un horizon sans quoi la vie n'était qu'un présent perpétuel, immobile, muré dans une angoisse immodérée. Et quand il y avait quoi que ce soit que Vasco peinait à comprendre, il allait voir Alessandro – son coiffeur. Un Italien, beau comme un dieu grec, et avec cela philosophe : Adonis pour qui le voyait, Socrate pour qui l'entendait. Il y avait une façon très simple de mesurer le moral de Vasco : à la longueur de ses cheveux. Quand il avait un *coup de mou*, Vasco fréquentait le salon d'Alessandro – voilà pourquoi les premiers jours, en prison, il avait quasiment la boule à zéro. Alors il est allé voir Alessandro, il lui a parlé de Tina, et il a tout déballé, de leur rencontre imprévue jusqu'à leurs rendez-vous impromptus, il lui a dit qu'il se passait quelque chose, quoi exactement, il n'en était pas sûr, mais enfin il se passait quelque chose, c'était bel et bien une histoire, ou en tout cas l'ébauche d'une histoire dont Tina vraisemblablement ne voulait plus.

Elle a raison, lui a dit Alessandro. En vertu du moins de ce que j'appelle le théorème de Magritte – il n'y avait pas un sujet sur lequel Alessandro n'avait pas ce qu'il appelait un « théorème ». Et il lui a expliqué qu'il y avait deux sortes de peintres, ceux qui s'adressent à l'œil, et ceux qui s'adressent à l'esprit : les premiers peignent comme on peint, et les seconds comme on pense. Magritte appartenait à la seconde catégorie : plutôt que de copier le réel, il en révélait sa complexité – c'était, a précisé Alessandro, un peintre de la matière grise. Et parmi les tableaux de Magritte, il y en avait un qui pouvait peut-être éclairer Vasco sur son affaire. *La clairvoyance* – c'était le nom du tableau : un autoportrait du peintre devant son chevalet, où on le voit qui regarde un œuf posé sur une table en même temps qu'il peint un oiseau aux ailes déployées. Le peintre, a poursuivi Alessandro, est visionnaire : il anticipe, et l'œuf, dans son esprit, a déjà les ailes qui lui permettent de s'envoler. Vasco ne voyait pas bien où il voulait en venir. C'est pourtant simple, a repris Alessandro : le peintre regarde l'œuf, mais voit l'oiseau : les conséquences de l'œuf. Tina est le peintre, et l'œuf, la relation que vous avez. Et que voit-elle en le considérant, cet œuf ? elle voit l'oiseau, et l'oiseau c'est un couple brisé, un mariage annulé, deux gamins qu'il faut élever seule et ne plus voir qu'une semaine sur deux, bref, elle a raison, vous feriez mieux de ne plus vous revoir.

8

Un cœur immergé
F.M.A. dans BnF
Chut ! taire le vol

Et ça ? a demandé le juge. C'est quoi, ça ?

Un haïku, j'ai dit. Un petit poème en trois vers qu'on appelle des segments. C'est concis, ciselé : le haïku ne décrit pas, il évoque. C'est très codifié. Ça vient du Japon.

Et puis il m'a demandé ce qu'il voulait dire, ce haïku.

Ce haïku, c'était sans doute un procès, c'était peut-être la taule, en tout cas une amende bien salée. Ça voulait dire que j'étais dans la merde.

Je l'ai lu en silence, j'ai regardé le juge, je l'ai relu, et à nouveau j'ai regardé le juge pour voir s'il savait, mais pas moyen de savoir, il restait impassible, le juge, impossible de lire sur ses traits. J'ai relu le haïku, cette fois-ci à voix haute, avec un sourire ingénu, en prenant un petit air innocent. Dieu savait pourtant qu'en l'espèce je ne l'étais pas, innocent, mais Dieu ne met pas en examen et le juge, si.

Il me fallait garder mon flegme, ne rien laisser paraître, rester calme.

Reste calme, je me disais reste calme, petit père (quand je m'adresse à moi-même je me donne un surnom affectueux, le plus souvent petit père). Surtout reste calme, je me répétais, mais dans ma tête, ça tournait comme un carrousel, sauf qu'à la place des petits chevaux de bois il y avait Vasco, Tina, la statue d'un vieil homme, des lunettes de piscine, un extracteur de vis, une cheminée, sur cette cheminée un coffret en métal, et dans ce coffret de quoi m'envoyer en prison.

Et pendant qu'il me scrutait, le juge, pendant qu'il attendait que je vide le haïku de sa substance poétique pour mieux l'élucider – toute tentative d'élucidation d'un vers le vide de sa substance poétique –, je repensais à ce samedi matin où Vasco m'a appelé pour me dire que c'était l'anniversaire de Tina.

Elle et lui se connaissaient depuis bientôt deux mois maintenant, et j'étais devenu le confident de l'un et le confesseur de l'autre, l'historiographe de leur amour; car c'était bien d'amour, qu'il s'agissait – des vertiges enivrants de l'amour en ses débuts : les veilles des jours où ils devaient se voir leur étaient délectables par les lendemains qu'elles promettaient, et les lendemains des jours où ils s'étaient vus par les souvenirs de la veille. Et si Vasco s'employait à rester léger, vaguement indifférent, feignant de n'éprouver pour Tina qu'un désir incertain, tout, dans l'inflexion, dans le modelé de sa voix s'altérait quand il me parlait d'elle – or elle était son unique sujet de conversation, sa seule obsession, il n'avait à la bouche que le prénom de Tina dont ce jour-là c'était l'anniversaire.

Il voulait savoir si j'avais prévu un cadeau.

J'avais fait faire un agrandissement d'un portrait de Verlaine, celui où on le voit dans un café à la fin de sa vie, avec les yeux plissés, le regard dans le vide et là-dessous les grosses moustaches, avec aussi sur la table une canne, et par-dessus la canne un chapeau, et à côté du chapeau de l'encre et des feuilles de papier, et devant lui la fée verte qui tire sur le jaune, le verre d'absinthe à ras bord sans quoi la volonté ni le verbe ne viennent, les feuilles de papier restent blanches. (Souvent je le regarde, ce portrait du 28 mai 1892 : Verlaine a l'air mélancolique, d'une mélancolie qui n'est pas de la pose, et alors je me demande s'il buvait comme un trou pour chasser la tristesse au fond de lui, et dans ce trou l'y enfouir, ou si la tristesse au fond de lui résultait de ce qu'il buvait comme un trou, car au fond on n'a jamais vraiment su.)

Je l'avais donc fait agrandir, ce portrait, et puis je l'avais fait encadrer, et puis je l'avais fait emballer, bref, j'avais tout délégué, je n'avais plus qu'à l'offrir.

J'ai entendu Vasco soupirer : lui n'avait rien, il s'y prenait un peu tard, est-ce que je n'avais pas une idée ?

Non, j'ai dit.

Bon, a répliqué Vasco, je te rappelle dans deux heures, et deux heures plus tard il me rappelait pour m'annoncer qu'il avait bien réfléchi, il avait un cadeau, et pas n'importe quel cadeau, *le* cadeau, un cœur, *le* cœur, et ménageant ses effets il a laissé quelques secondes de silence avant d'ajouter, solennel : le cœur de Voltaire.

La BnF a deux sites principaux : celui de Tolbiac, en bord de Seine où bossait Vasco ; et l'autre, l'historique, celui de Richelieu, dans le IIe arrondissement de Paris.

D'un côté le modernisme médiéval, de l'autre l'archaïsme rénové. Tolbiac, je connaissais bien, mais Richelieu, moins. J'avais passé quelques après-midi dans la salle Labrouste, où à travers les coupoles la lumière coule à pic, mais je n'étais jamais entré dans le Salon d'honneur, qu'on appelle aussi Salon Voltaire : s'y trouve une statue du philosophe, en plâtre stuqué, œuvre de Jean Antoine Houdon.

Et tu sais ce qu'on y trouve, m'a demandé Vasco, dans cette statue, ou plutôt dans le socle en bois de cette statue, derrière une simple plaque scellée par quatre vis? Et il m'a expliqué qu'après sa mort chez son ami le marquis de Villette, au 27, quai des Théatins, aujourd'hui quai Voltaire, on avait immergé son cœur dans un coffret en métal rempli d'une préparation alcoolique et portant l'inscription : « Cœur de Voltaire, mort à Paris, le 30 mai 1778 ». Puis le cœur pendant près d'un siècle était passé de main en main avant d'arriver à la BnF où le coffret avait été placé dans une boîte et la boîte dans la statue qu'il y a quelques années il avait fallu déménager, à cause des travaux.

Et donc un matin, m'a dit Vasco, on a déménagé la statue de Voltaire, et en la déménageant on s'est rendu compte que ça schlinguait, une odeur forte, inhabituelle, persistante, et très vite on s'est demandé si le cœur n'était pas en train de pourrir. Alors on a ouvert le socle, envoyé la boîte au labo, et découvert un petit trou d'environ trois millimètres sur le coffret en métal : desséché, le cœur, tout ratatiné dans son coffret, je te passe les détails, m'a dit Vasco le nez retroussé, la lèvre supérieure très légèrement relevée dans une expression de dégoût, mais sache qu'on l'a remis dans une solution alcoolique, et qu'avant la fin des travaux il avait retrouvé sa place dans le coffret, le coffret dans la boîte, la boîte dans la statue, et la statue dans le Salon d'honneur où d'ici quelques heures, a-t-il conclu avec un aplomb désarmant, il aura disparu.

Je me demandais bien comment il comptait s'y prendre pour dérober le cœur de Voltaire, mais il avait visiblement tout prévu. C'était, selon lui, *un jeu d'enfant* : il suffisait de faire une encoche au centre de la vis, quelques millimètres, pas plus, puis de percer un trou et de l'élargir petit à petit, d'y insérer la pointe d'un extracteur de vis, de le faire tourner dans le sens contraire des aiguilles d'une montre, puis de réitérer l'opération pour chaque vis. Après quoi il n'y aurait plus qu'à retirer la plaque, prendre le cœur, le mettre dans un sac, et maquiller le larcin : remettre la plaque avec les vis d'origine, enduire les trous de mastic et se tirer, ni vu ni connu.

Vasco avait songé à opérer la nuit, arriver juste avant la fermeture, il lui aurait suffi d'entrer dans le Salon d'honneur, de prendre la deuxième porte à gauche, surtout pas la première, la première menait au bureau de la présidente, après quoi il aurait longé le couloir en passant devant les portraits des administrateurs de la Bibliothèque, avant d'arriver tout au bout, où se trouvaient les toilettes. Il aurait pu s'y cacher pour n'en sortir qu'à la nuit tombée, desceller la plaque, dérober le cœur, s'enfermer de nouveau dans les toilettes et n'en ressortir qu'au matin, à l'ouverture du site. Idée séduisante à l'égard de laquelle il avait aussitôt soulevé trois objections : la première, c'est que la nuit il y avait un vigile, et le vigile faisait une ronde ; la deuxième, c'est qu'il n'était pas impossible qu'il y eût, dans le Salon d'honneur, un détecteur de mouvements ;

et la troisième, c'est que l'anniversaire de Tina était ce jour-là, pas un autre.

Bref, a résumé Vasco, il va falloir que nous opérions de plein jour.

Comment ça, *nous*?

Et sur un débit très rapide, comme s'il s'agissait d'un seul et même mot, il a dit : Rendez-vous-devant-la-BnF-à-dix-sept-heures, et il a raccroché.

Il en faut peu pour m'entraîner dans des plans foireux, et celui-là, de plan, ne l'était pas qu'un peu, foireux : j'étais arrivé devant la BnF en retard d'un bon quart d'heure, mais enfin j'y étais. Vasco m'attendait avec un sourire nerveux, un sac et là-dedans des affaires de piscine, et sous ces affaires de piscine, sous un maillot de bain, des lunettes, une serviette et des tongs, un extracteur de vis, un perçoir, une perceuse, un marteau, une mèche à métal et du mastic – de quoi éveiller les soupçons de l'agent qui vérifiait le contenu des sacs à l'entrée.

Vasco savait à quoi s'en tenir, avec les contrôles des agents de sécurité de la BnF : combien de fois les avait-il vus palper un sac à dos d'une main indolente, sans même prendre la peine de l'ouvrir, ou l'ouvrir et ne l'inspecter que des yeux; il n'y avait pas de raison qu'il en fût autrement ce jour-là. Ayant vidé mes poches, j'étais passé sous le portique, suivi de Vasco dont le sac, comme prévu, ne fut qu'entrouvert sans être fouillé. Voilà, nous étions dans la cour, puis dans le Salon d'honneur où nous attendait, assis dans un fauteuil, Voltaire – la statue de Voltaire, vieillard cacochyme, amaigri dans son paquet de fringues à l'antique, la peau fripée, les yeux fripons, le regard vif et railleur comme si défilaient devant lui de vieux souvenirs, le temps de l'enfance, des premiers vers, des premières odes, celui peut-être où des filles retroussaient leur jupe en soie pour lui seul ; son cœur alors s'emballait comme il s'emballerait plus tard pour des marquises et des duchesses, pour des secrétaires et des actrices, pour sa petite nièce, pour Calas et pour Sirven, pour le chevalier de La Barre et pour le comte de Lally, pour les Lumières et pour Ferney, ce pauvre cœur qui ne s'emballait plus pour personne et reposait tout rabougri dans le socle en bois de cette statue, ainsi que l'attestait une plaque :

CŒUR DE VOLTAIRE
REMIS À LA BIBLIOTHÈQUE IMPÉRIALE
PAR LES HÉRITIERS DU MARQUIS DE VILLETTE
1864

Il était 17 h 20, le site allait bientôt fermer ses portes, nous n'avions qu'une demi-heure pour agir. Au boulot, me dit Vasco. Le Salon d'honneur ne menait ni à des salles de lecture ni à des magasins, mais seulement à des bureaux – un samedi en fin d'après-midi peu de gens s'y trouvaient. S'il était rapide, Vasco pouvait n'être vu de personne sinon de moi, au guet devant la porte. Je le vis poser le sac de sport à côté de la statue, en sortir le maillot de bain, la serviette, les lunettes de piscine et les tongs, puis l'extracteur de vis, le perçoir, la perceuse, le marteau, la mèche à métal et le mastic, et suivre son plan à la lettre : l'encoche, le trou, etc., jusqu'à ce que la plaque tombe d'elle-même. Il avait raison, ce con : un jeu d'enfant. Avec la lampe torche de son iPhone, il éclaira l'intérieur du socle où se trouvait la boîte qu'il ouvrit aussitôt. Dans la boîte, il y avait bien le coffret en métal, qu'il enveloppa dans la serviette, avant de refermer la boîte, de remettre la plaque, de revisser les vis, d'enduire les trous de mastic, bref, de maquiller le larcin.

Dehors, le quadrilatère découpait un ciel bleu, monochrome. Il suffisait de passer le portique – nous savions qu'il n'y aurait pas de fouilles, il n'y en a jamais à la sortie. Sauf ce jour-là. Sauf cette fois-là. Je peux voir votre sac ? fit l'agent de sécurité. Bien sûr, bredouilla Vasco. L'agent ouvrit le sac, vit la serviette et les lunettes de piscine, le maillot de bain. Vous nagez ? demanda l'agent. Oui, fit Vasco en s'efforçant de sourire, mais pas aujourd'hui : j'ai oublié mes brassières. L'agent sourit à son tour, referma le sac, et comme nous allions franchir le portique, Vasco sentit qu'on le retenait par la manche. L'agent ne lâchait pas l'affaire. Tout de même, dit-il, quelque chose me tracasse. Quoi donc ? fit Vasco que je vis pâlir d'un seul coup.

Brasse ou crawl ? a dit l'agent, il m'a demandé si j'allais faire de la brasse ou du crawl, avait raconté Vasco à Tina le soir même, dans ce bar où tous les trois nous fêtions son anniversaire, et il nous a laissés partir, avait-il conclu en lui offrant, emballé dans du papier cadeau vert et bleu, le cœur de Voltaire – à côté de quoi mon portrait de Verlaine, même agrandi, même encadré, paraissait tout à fait anodin. Et Tina qui m'avait remercié en me serrant dans ses bras lui avait dit tu es fou, il y avait d'abord eu chez elle de la surprise puis de la stupéfaction puis de la stupeur, magnifiquement fou, elle avait répété, et en l'embrassant elle lui avait demandé : qu'est-ce que je vais faire de toi ?

De lui, ni l'un ni l'autre n'en savaient encore rien, mais du cœur, moi, je savais, je le sentais venir – et ça n'a pas raté : Tina ne pouvait pas rentrer chez elle avec le cœur de Voltaire, Edgar n'aurait pas manqué de lui poser des questions, et allez expliquer à votre futur mari que c'est un cadeau de votre amant qui pourrait vous valoir, à vous comme à lui, des ennuis pour recel ; quant à Vasco, il était exclu qu'il le garde chez lui, et quand j'ai vu leurs regards se tourner vers moi, quand je les ai vus joindre les mains comme on le fait quand on implore, je me suis dit petit père, à n'en pas douter ce cœur est pour toi, et j'ai compris qu'il allait échouer dans mon salon, sur le chambranle de la cheminée où ce matin encore il était, ce cœur que je ne pensais pas retrouver l'après-midi même chez le juge, niché dans un haïku de Vasco.

Un cœur immergé
F.M.A. dans BnF
Chut ! taire le vol

Alors, a insisté le juge, ça veut dire quoi, ce haïku ?

Le premier vers renseignait sur l'objet du larcin. Le second sur son lieu : BnF, c'était facile, ça renvoyait à la Bibliothèque nationale de France, et F.M.A., ça l'était moins, aux initiales de François Marie Arouet, le nom de naissance de Voltaire. Quant au dernier vers, le plus explicite, le plus susceptible d'attirer l'attention du juge, celui-là même qui aurait dû me perdre devait me sauver : ça ne pouvait être qu'un conseil de Vasco, la conduite à tenir dans l'hypothèse où nous devions nous trouver, par exemple, devant un juge d'instruction.

Aucune idée, j'ai dit.

Vous êtes sûr ?

Non, vraiment, je ne vois pas.

Bon, ça n'a pas beaucoup d'importance, a dit le juge en faisant le geste de balayer tout ça d'un revers de main, et c'était vrai qu'au fond ça n'avait pas beaucoup d'importance que le cœur de Voltaire soit chez moi plutôt que dans son socle à la BnF, où nul ne semblait s'être avisé qu'il avait disparu, et pendant que le juge renonçait à ce volet-là de l'enquête, et que déjà il était passé au poème suivant, je songeais, moi, au téléphone au fond de ma poche et aux photos qui s'y trouvaient, autant de preuves accablantes qu'en sortant d'ici il me faudrait effacer aussitôt.

Jean Antoine Houdon, Voltaire assis, *1781,*
BnF, Salon d'honneur Richelieu.

9

Car enfin si j'étais là, dans le bureau du juge, ça n'était pas pour parler du cœur de Voltaire, c'était pour parler du cœur de Tina, et de celui de Vasco, de ces deux cœurs qui à ce stade du récit commençaient à tambouriner un peu trop fort, un peu trop vite, un peu trop à l'étroit dans des poitrines tout à coup un peu trop étriquées. On a beau en faire tout un cas, on a beau l'enrober de périphrases et l'embellir de métaphores, qu'est-ce que c'est que l'amour, *in fine*? Des valves qui s'ouvrent et se ferment, comme des clapets. Et bien sûr en disant cela je savais combien j'étais *à côté de la plaque*, je savais combien réduire l'amour à sa seule expression physiologique n'avait en réalité aucun sens, car enfin l'amour ça n'est pas seulement deux cœurs qui s'emballent, c'est beaucoup plus que cela, et ça l'était d'autant plus pour Vasco qui jurait n'avoir jamais été amoureux de quiconque – et qui était amoureux de Tina. L'amour est un mécanisme ascendant, on va du sol au ciel et l'on plane, dans un éther impalpable : on dit *tomber* amoureux mais c'est un abus de langage. Vasco était donc amoureux de

Tina. Et cela c'est à moi qu'il en faisait la confidence. À elle, il n'avait pas encore exprimé la véritable nature des sentiments qui l'animaient ; il s'était employé, je l'ai dit, à rester *détaché* ; il l'aimait, il le savait, il avait eu l'occasion de le lui dire mais ne l'avait pas fait, et maintenant c'était trop tard, il n'était plus en mesure de le faire : elle avait coupé les ponts avec lui.

Le soir de son anniversaire, ai-je dit au juge, le soir où Vasco lui avait offert le cœur de Voltaire, ai-je omis de lui dire, Tina était rentrée chez elle ivre morte, et pas dans cet état d'hébétement voluptueux, d'étourdissement passager dans lequel vous plongent innocemment quelques verres, mais avec l'effroyable clairvoyance à quoi mènent les alcools les plus forts, avec cette faculté qu'ils vous donnent, ne serait-ce qu'un instant, de prendre la température du feu qui vous consume. Elle s'était servi un dernier verre, et assise sur son canapé dans le noir elle avait bu en remâchant, jusqu'au vertige, les griefs qu'elle s'adressait à elle-même depuis que Vasco avait fait irruption dans sa vie. Elle saccageait de son plein gré la seule chose qu'elle était jamais parvenue à construire, cet édifice un peu branlant qu'on appelle une famille ; elle avait honte, pas seulement de faire ce qu'elle faisait mais bien pire, d'être ce qu'elle était – infidèle, déloyale, irresponsable ; elle maudissait ses faux-semblants, sa duplicité, ses mensonges ; son cerf se redressait sur ses pattes ; elle l'entendait qui bramait. Elle était décidée à en finir avec cette amourette, car ce n'était qu'une amourette, une rencontre imprévue suivie d'une aventure provisoire sur laquelle il lui fallait tirer un trait, et au milieu de la nuit, pleine de ces vertueuses résolutions, elle avait écrit un message à Vasco. Elle avait besoin de calme et de réduire sa vie à l'essentiel : sa famille. Elle espérait qu'il comprendrait. Elle avait bloqué son numéro.

Et puis elle était partie en vacances, avec Edgar et les enfants. Ils avaient loué une maison au Pays basque, pas très loin de là où Tina avait grandi. Une bâtisse rouge et à colombages, face à l'océan. Avec des gosses, on n'était jamais vraiment en vacances : il fallait les habiller, faire les lacets, changer les couches, donner le bain, le biberon, les promener, leur raconter des histoires, trouver leur tétine, leur *putain* de tétine, jurait Tina qui s'en voulait de dire des gros mots devant eux, Dieu merci, disait-elle, ces enfants de putain n'ont pas encore appris à parler. Ils montraient tout du doigt, demandaient *cékoiça,* et il fallait tout nommer. Mais bientôt viendrait le temps des *poukoi,* et il faudrait tout expliquer. Ils ne s'exprimaient pour l'instant que par monosyllabes, qu'ils prononçaient sur un ton sentencieux, en levant le doigt, comme si elles avaient valeur d'apophtegme. Bientôt ils sauraient faire des phrases, avec sujet, verbe, complément, et ils raconteraient des histoires sans queue ni tête, et il faudrait les écouter, ou faire semblant de les écouter quand on n'aurait qu'une envie : s'offrir un peu de silence. Elle n'était pas sûre d'avoir la patience qu'il fallait, la générosité, la tempérance qu'il fallait, le sens des responsabilités qu'il fallait, non, vraiment pas sûre de les avoir, toutes ces vertus qu'on prête aux mères. Elle faisait comme elle pouvait – du mieux qu'elle pouvait. Elle se débrouillait. C'était ça, être parent : se débrouiller. C'était à la fois épuisant et sublime, au début surtout quand c'était ne plus dormir, et jour et nuit avoir les mains dans la merde, et nuit et jour se faire pomper tout son lait, et malgré tout on s'émerveillait d'un sourire, on s'émouvait d'une première dent, on était à l'affût d'un premier mot, on guettait les premiers pas, on se demandait ce qu'on faisait, avant, de tout cet amour, est-ce qu'on l'avait déjà en réserve ? On était sûr qu'on l'aurait désormais pour toujours.

La naissance des jumeaux avait fait naître en elle un instinct de survie, et développé un instinct de tueuse. En levant un doigt menaçant elle disait : je pourrais couper à coups de sécateur les couilles de quiconque toucherait un seul de leurs cheveux. Voilà ce qu'est l'amour maternel, voilà ce qu'on entend par *aimer inconditionnellement.* Et tu ne sauras jamais ce que ça fait, disait Tina. Tu ne pourras jamais le savoir : tant que tu n'as pas trois kilos de chair de ta chair qui te sort par la chatte et vient aussitôt décupler ton amour pour l'accaparer tout entier, tu ne peux pas le savoir. Les trois kilos maintenant en pesaient douze, douze fois deux, et Tina depuis ne pouvait plus se foutre en l'air : elle avait *charge d'âme.* Elle avait ces garçonnets de dix-huit mois qui la reliaient à la vie, et qui dans la chambre d'à côté dormaient l'un au-dessus de l'autre, dans un lit superposé. Et dans son lit à elle il y avait le père de ses enfants, et dans ses rêves il y avait celui qu'il fallait bien appeler son amant. Se bousculaient en elle des sentiments contradictoires, comme s'il lui était possible d'être à la fois foncièrement heureuse et terriblement malheureuse – d'être avec l'un, de ne pas être avec l'autre. Partout, tout le temps, Vasco s'invitait dans ses pensées, comme si, dépossédée d'elle-même, elle n'était plus possédée que par lui ; il ne pouvait pas lui écrire, elle avait pris ses dispositions pour qu'il ne puisse pas le faire, et néanmoins elle espérait qu'il le fasse, qu'il parvienne à le faire ; elle voulait qu'il lui écrive, et s'en voulait de le vouloir.

Quand il avait reçu son message, celui par lequel elle prenait congé de leur histoire, Vasco avait pensé : tant mieux ; les souvenirs qu'il avait de Tina, pensait-il, finiraient par s'émousser, or chaque jour passé loin d'elle les aiguisait davantage. La nuit, dans l'espoir de les semer, il marchait dans les rues de Montmartre. Pire que son absence, il éprouvait sa présence *en négatif* : elle était là, à chaque coin de rue. C'est en repensant à cette époque que plus tard il écrirait *Les quatre saisons* :

Printemps

Sans voir tes yeux mes yeux se meurent
Et d'une mort à petit feu
Lentement défilent les heures
Celles sans toi m'importent peu

Été

J'ai froid sans toi la canicule
Se passe de ventilateur
Je sais combien c'est ridicule
Je dors près du radiateur

Automne

Crois-le ou non je sais j'ai tort
D'attendre en vain devant ta porte
Sans toi tu sais je suis plus mort
Que ce tapis de feuilles mortes

Hiver

Tu n'es pas là où peux-tu être
Nous serions bien dans mon cocon
À regarder par la fenêtre
Tomber la neige à gros flocons

Il disait : j'admire la rapidité avec laquelle elle a pu renier ses audaces printanières et passer, en un claquement de doigts, de la ferveur la plus absolue à l'indifférence la plus radicale.

Il disait encore : elle m'a aimé, follement, férocement aimé, indubitablement aimé puis tout à coup s'est détournée de moi, m'a récusé comme Rimbaud récusa ses poèmes.

J'avais tout, disait-il. Et puis il nuançait : je croyais tout avoir, elle n'est pas venue *combler* un manque; elle est venue en *créer* un.

Il disait aussi : la rupture amoureuse est pire que la mort, c'est le deuil pour soi-même d'une personne encore en vie, que d'autres pourront voir et entendre et sentir et toucher.

Il disait enfin : on se *sait* pourvu d'un cœur, puis vient la rupture, et l'on se *sent* pourvu d'un cœur.

Et s'il avait pu s'entailler la poitrine, et déposer son cœur en offrande à ses pieds, je crois bien qu'il l'aurait fait.

Je crois bien qu'il l'aurait fait mais il ne faisait rien, il ne disait rien, il se demandait seulement comment mettre des mots là-dessus, comment dire l'indicible émoi d'un amour impossible, et, philosophe, il concluait : c'est la vie.

Et qu'est-ce que la vie, disait Vasco, si l'on y songe un instant ? De petits bonheurs éphémères, dominés par d'insondables chagrins. Et on n'en continue pas moins d'aller au bureau, et de dire bonjour aux collègues, et de rire à leurs blagues, on n'en continue pas moins de jouer la comédie du bonheur, alors qu'en vérité on porte un masque à même la peau, pas tout le temps mais la plupart du temps, pas tous les gens mais la plupart des gens, un masque qui nous fait une seconde peau, rieuse et joyeuse par-dessus l'autre, défigurée par la douleur.

Et le pire ça n'était pas d'être triste, non, le pire, c'était d'ignorer si Tina l'était aussi : le savoir partagé adoucit le chagrin. Or Vasco n'avait pas cette consolation, il ne savait pas ce que moi je savais, il ignorait que Tina l'avait sans cesse à l'esprit – c'est là du moins ce qu'elle m'avait confié, en me faisant jurer de n'en rien dire à Vasco.

Alors je n'ai rien dit.

Presque rien.

J'ai seulement dit tu devrais lui écrire. Lui écrire une lettre.

La lettre, c'est Edgar qui l'a trouvée à leur retour de vacances, parmi des prospectus publicitaires et des factures, des rappels de cotisation, des formulaires à remplir – toutes ces merdes, disait Tina, qui ôtent à la vie son caractère aventureux pour en faire une odyssée de paperasses. Et parmi toutes ces merdes il y avait donc une lettre pour elle, et Tina aussitôt a reconnu l'écriture sur l'enveloppe, la même écriture appliquée, presque enfantine que celle-ci, ai-je dit en pointant le recueil de poèmes.

Depuis *Deux jours et demi à Stuttgart*, depuis qu'elle avait remporté le Molière de la révélation féminine, deux ou trois fois par mois elle recevait des lettres de gens qui l'avaient vu jouer au théâtre : tes admirateurs, se rengorgeait Edgar avec une fierté sincère, sincèrement fier qu'il était de partager la couche d'une comédienne admirée, et c'était ça, c'était sans doute une lettre d'admirateur, a-t-elle feint de croire en la fourrant prestement dans son sac, la main appuyée sur sa poitrine pour comprimer les battements de son cœur. Et quand plus tard, dans la salle de bains, elle s'est enfin trouvée seule, elle a décacheté l'enveloppe et lu la lettre, lentement, ligne après ligne, jusqu'au post-scriptum où Vasco lui demandait seulement de lui donner, *sous quelque forme que ce soit*, un accusé de réception. Tina est restée là, la lettre à la main pendant peut-être une minute, et alors...

Alors elle a embrassé la lettre, a poursuivi le juge comme s'il avait anticipé la suite de ma phrase, comme s'il avait lu dans mon esprit ou qu'à travers le rideau il avait vu Tina appliquer sur ses lèvres un peu de rouge, plaquer la lettre contre le miroir et l'embrasser, la consteller de baisers puis la remettre dans l'enveloppe, y passer un petit bout de langue pour la sceller de salive avant de la cacher dans le seul endroit où elle était sûre qu'Edgar n'irait pas mettre la main, une boîte de serviettes hygiéniques. (Le juge avait trouvé la lettre pliée en deux, entre deux pages du cahier de Vasco.)

Car Tina le lendemain l'avait renvoyée à son expéditeur, et le surlendemain elle avait débloqué son numéro de téléphone. Elle passait la soirée avec Edgar, elle et lui dans le salon, elle allongée dans le canapé, un verre à la main, son portable dans l'autre, ses écouteurs dans les oreilles, lui sur un tapis de sol, en position de gainage. Elle venait d'envoyer un message à Vasco, je t'ai renvoyé ta lettre, elle lui avait écrit, puis elle avait ajouté tu m'énerves, tu m'écorches, je te couvre de baisers. Et Vasco lui a répondu ça veut dire qu'on va se revoir ? Et Tina lui a dit l'inverse me semble insensé : je n'imagine plus une vie sans t'avoir rencontré. Et Vasco lui a dit voyons-nous maintenant. Et Tina lui a dit impossible ce soir. Et Vasco lui a dit laisse-moi au moins entendre le son de ta voix, où es-tu, est-ce que je peux t'appeler ? Et Tina lui a dit chez moi mais pas seule, je ne pourrai pas te parler. Et Vasco lui a dit je m'en fous je t'appelle – ce qu'il a fait.

Alors il s'est lancé dans un soliloque enflammé, il lui a répété, avec d'infimes variations, ce que déjà il avait écrit dans sa lettre, il lui a dit qu'il avait passé le pire été de sa vie, que chaque nuit il avait rêvé d'elle, rêvé qu'il était cloué à son corps comme un crucifié sur sa croix, et cette croix, a-t-il ajouté, il l'avait chaque jour portée dans son absence qui lui semblait intolérable, c'est ce qu'il disait, Vasco, et Tina, ses écouteurs dans les oreilles, à deux, trois mètres d'Edgar en appui sur les avant-bras et les pointes de pied, Tina qui ne pouvait rien dire restait muette, elle était stoïque en apparence mais tout en elle était tempête, elle écoutait Vasco lui répéter qu'il n'était pas prêt à s'accommoder d'une vie sans elle, que vivre sans la voir lui semblait invivable, Vasco qui n'entendait rien que la respiration de Tina, et qui néanmoins pouvait y percevoir comme un trouble ineffable, non dans l'inflexion de sa voix mais dans les modulations de son souffle, et qui pour la première fois lui a dit qu'il l'aimait, trois fois, il l'a répété, je t'aime, je t'aime, je t'aime, et il a raccroché.

Ma chère Tina,

Je commence cette lettre

10

C'était passé minuit dans un café bobo
Tu venais d'en pousser la porte entrebâillée
Aux tables des bougies aux murs blancs des flambeaux
Que venait d'allumer la fille ensommeillée

Tu portais des bottes une jupe un blouson
Le blouson était beige et la jupe était bleue
Les bottes rouges et noires comme un tison
— Une Parisienne en bottes de sept lieues

Ardente et enjouée tu m'as donné alors
Un baiser plein de fougue en disant : *que calor !*
Ton blouson prenait feu au feu de la bougie

Ce qui advint dis-tu se devait d'advenir
Et me voilà au moins avec un souvenir
De nos amours : une manche à moitié rougie

Enfin !
Enfin quoi ?
Un sonnet, j'ai dit. Un bon vieux sonnet des familles.

Le sonnet, c'est un peu comme l'amour conjugal : sa beauté naît des contraintes qui lui sont inhérentes. Pour le sonnet : nombre invariable de vers, invariablement répartis en deux quatrains suivis de deux tercets, nombre équivalent de syllabes pour chaque vers, alternance des rimes féminines et masculines, etc. Pour l'amour conjugal : pesanteur du tête-à-tête quotidien, inévitable effet de routine, inopportune irruption du trivial, etc. Et c'est *en dépit de cela* qu'il faut tirer du beau, voire du sublime – et c'est, inversement, ce qu'il y a de si grisant mais aussi d'un peu facile dans le vers libre et l'adultère, où l'abolition des contraintes donne le sentiment d'une liberté suprême, absolue, ivre d'elle-même, or que vaut la liberté, j'ai demandé, dépourvue des contraintes qui la bornent ? Vous avez trois heures.

Mais c'est à peine s'il a souri, le juge – il n'avait pas dû avoir la moyenne en philo.

Vous avez remarqué, s'est permis le greffier, la quasi-absence de ponctuation ?

Bien vu, j'ai dit. Comme pour son poème en octosyllabes, celui qui commence par *la nuit pour adresse* – qui soit dit en passant est tiré d'un vers d'Aragon, mais passons. Ça se veut moderne et ça l'est – avec un siècle de retard : Apollinaire en 1912 se passait déjà des virgules dans *Alcools*.

À quoi bon ? a voulu savoir le greffier.

À quoi bon quoi ?

Se passer des virgules ?

Mais enfin, Vuibert, s'est emporté le juge, à quoi bon en mettre ? Le rythme même et la coupe des vers tiennent lieu de ponctuation – c'est ce que prétendait

Apollinaire, a précisé le juge, et alors il s'est levé, il est allé à la fenêtre, il a dit écoutez, Vuibert, écoutez, et il s'est mis à déclamer *Le pont Mirabeau.*

Par cœur.

De bout en bout.

Les yeux fermés.

Les larmes aux yeux.

Et puis il nous a demandé si nous aimions Apollinaire.

Lui, oui. Lui, c'est peu dire qu'il l'aimait. Et après un silence : vous savez quand il est mort ?

Et il nous a raconté comment le 9 novembre 1918, pendant que les Parisiens défilaient dans les rues en criant « À mort Guillaume ! À mort Guillaume ! », Guillaume Apollinaire, ne sachant pas si la vindicte populaire s'adressait à l'empereur Guillaume II qui venait d'abdiquer ou à lui, et préférant, dans le doute, se conformer à la volonté populaire, s'était laissé emporter par la grippe espagnole, dans son petit appartement du boulevard Saint-Germain. Amusant, non ?

Bon, a continué le juge en frappant dans ses mains. Reprenons. Alors, ce poème. Quoi d'autre. Dites-moi. Dites-moi tout.

Et moi je voulais bien tout lui dire, mais enfin ces vers-là n'avaient rien d'elliptique, il n'y avait là aucune énigme à résoudre, aucun sens caché que j'aurais pu débusquer, alors au lieu de traiter du fond je me suis attaché à la forme. J'ai repris ma petite exégèse du sonnet de Vasco. Ce qu'il y avait d'un peu novateur, ici, c'était la rime *alors-calor* au premier tercet, deux vocables appartenant à deux langues différentes. Notez, j'ai dit, qu'on peut mettre cela tout aussi bien au crédit qu'au débit de l'auteur : y voir une volonté de recherche formelle et l'indéniable originalité d'un poète polyglotte, ou considérer, *a contrario*, qu'un imaginaire trop pauvre et un vocabulaire trop limité l'aient contraint, en désespoir de cause, à puiser dans une langue étrangère pour y dénicher la rime qui fait mouche.

Votre ami parle espagnol ? a demandé le juge.

Claro, j'ai dit.

Et Tina ?

Tina sait seulement dire *Tequila*. Et *hijo de puta*, j'ai ajouté, vu que Tina la plupart du temps jurait dans une langue étrangère. Tina disait *hijo de puta*, *motherfucker*, *vaffanculo*, ou même, son préféré : *holy motherfucking shit*. Or je la connais un peu, Tina, et la connaissant comme je la connais je peux vous assurer que quand elle a vu son blouson prendre feu au feu de la bougie, ça n'est pas *que calor* qu'elle a dit, mais plutôt : *holy motherfucking shit, je suis en train de cramer* – mais cela Vasco ne l'a pas mis dans le poème.

Il a mis ce qu'il voulait, Vasco. À savoir que le blouson de Tina était beige, or son blouson était gris, et d'ailleurs il l'est toujours, d'un gris très foncé, un gris tirant sur le noir – anthracite, voilà. Mais s'il avait écrit « le blouson était anthracite et la jupe était bleue », le vers faisait quatorze syllabes, pas douze, l'alexandrin n'en était plus un et le sonnet se cassait la gueule. Et il a beau être anthracite dans la vraie vie, ce blouson, s'il est beige dans le poème, eh bien c'est qu'il est beige, parce que la poésie prévaut sur la vraie vie. Et d'ailleurs, qui nous dit qu'elle était verte, la table du *Cabaret-Vert* de Rimbaud ? Chacun sait que la plupart des tables à cette époque étaient en chêne, et chacun sait que le chêne n'est pas vert, mais marron, d'un marron plutôt clair. Mais puisque Rimbaud l'a vue verte, c'est ainsi qu'aujourd'hui nous la voyons.

La table du salon, chez Edgar et Tina, n'était ni marron ni verte mais rouge. Une table rectangulaire, en Formica d'un rouge éclatant. Je le sais pour l'avoir vue le soir où Tina m'avait invité à dîner chez eux – le soir où j'ai fait la rencontre d'Edgar. J'étais arrivé un peu en avance. Edgar était encore au bureau, il n'allait pas tarder, m'avait fait savoir Tina que j'avais trouvée dans la cuisine, et qui finissait de préparer une fricassée de poulet flambée au cognac. Installe-toi au salon, elle m'avait dit, il y a du whisky écossais dans l'armoire, du douze ans d'âge, sers-toi un verre, tu m'en diras des nouvelles. J'avais accroché ma veste au portemanteau de l'entrée, à côté du blouson beige-anthracite de Tina, et puis j'étais passé au salon – à rebours de la déco minimaliste préconisée par l'époque : pas de murs nus ni de lignes épurées, mais du sol au plafond des centaines, des milliers de livres qui semblaient rangés au petit bonheur, ni par genre, ni par éditeur, ni par ordre alphabétique, mais qui répondaient à l'ordonnancement subjectif que Tina appelait : la cote d'amour. En haut à gauche, ce qu'elle portait aux nues, c'est-à-dire des romans écrits sous une dictée impérative, dans un *memento mori* perpétuel, comme s'ils allaient mettre à mort leur auteur, comme si la mort allait les prendre sitôt leur manuscrit achevé, écrits, en somme, comme devraient toujours s'écrire les romans : en ayant à l'esprit qu'on ne laissera jamais que des lignes posthumes.

La mort en face, voilà ce qu'elle attendait d'un écrivain : qu'il écrive comme on rédige un testament, en regardant la mort en face. Ceux-là étaient donc sur les étagères du haut, puis venaient des œuvres dont les qualités – celles que Tina leur prêtait – déclinaient à mesure qu'on se déportait vers la droite, pour arriver enfin tout en bas, à l'extrême opposé de la pièce, où se trouvait ce qu'elle jugeait moyen voire médiocre, recueils paresseux de poèmes aux vers boiteux grimés en vers libres, récits de vie larmoyants aux émotions frelatées, *page-turners* marketés pour toucher le public le plus large, scénarios pour Netflix déguisés en romans, romans où l'écriture, reléguée au second plan, n'est jamais une fin, mais un moyen comme un autre de raconter une histoire, polars chargés de poncifs, *feel-good books* qui lui donnaient surtout l'envie d'aller se jeter dans la Seine, de petites choses insignifiantes et sans enjeux, des merdes, résumait Tina, et parmi toutes ces merdes qui n'avaient leur place qu'en bas à droite, dans les abîmes de sa bibliothèque, j'étais tombé sur mon premier roman, dédicacé « avec mon amitié la plus vive ». Je n'avais pas pu m'empêcher d'en faire la remarque à Tina, mais Tina ne s'était pas démontée : c'était, m'avait-elle expliqué, l'étagère réservée aux livres écrits par ses amis – « ah, j'avais dit, tu me rassures », feignant de croire qu'elle fût l'amie d'Ernest Hemingway, dont un petit roman pesamment académique coudoyait le mien. Comme Hemingway l'aurait fait, j'avais bu mon whisky d'un seul trait.

Edgar est arrivé avec sa doudoune et Adrien, un collègue du ministère. Trente-deux ans, une calvitie déjà bien avancée, une pomme d'Adam si saillante qu'elle semblait faire du yo-yo dans sa gorge, et un poste d'informaticien à la DGFiP, la Direction générale des Finances publiques. D'emblée il m'a mis mal à l'aise, Adrien – à cause de son air hautain, de ses manières affectées, de l'ombrageux frémissement de ses lèvres, ou de la façon peut-être qu'il avait d'entrecouper chacune de ses phrases de silences sentencieux : on ne savait pas s'ils exprimaient un vertige métaphysique ou des aigreurs d'estomac.

Quatre ans plus tôt il avait publié un roman historique. Or il y a pire, bien pire que de n'être pas publié : c'est de l'être, c'est d'envoyer son manuscrit à une maison d'édition, d'espérer un appel, de l'espérer de tout son cœur, de recevoir cet appel et d'exulter, de tenir pour la première fois son livre entre les mains, avec son nom imprimé en gros caractères sur la couverture, avec sa tronche sur le bandeau, d'assurer le service de presse, de sacrifier deux journées de sa vie à dédicacer le livre à cent cinquante journalistes et d'ajouter pour chacun d'eux un petit mot, d'en attendre monts et merveilles puis d'attendre le jour J, celui où le livre enfin sera sur les tables des libraires, où enfin on sera connu, reconnu, où les lecteurs viendront ratifier vos efforts et vos peines, et que le jour J ni ceux d'après rien ne se passe : le livre est introuvable, les libraires ne l'ont pas commandé, ou s'ils l'ont commandé il n'est pas sur leurs tables, il est rangé dans les rayons, ou encore dans les cartons, un mois, deux mois passent et déjà le voilà au pilon, ce livre dans quoi on a mis le meilleur de soi-même. Alors on s'avise que ce livre n'est rien, qu'il aurait pu tout aussi bien ne pas être, on se dit que soi-même on n'est rien, rien de plus que cet amas de pages qui n'a eu aucun écho dans la presse, ni entrefilet dans un canard local ni même article de blog, et qui s'est écoulé, en tout et pour tout, à quarante-deux exemplaires.

Cela, les quarante-deux exemplaires, Adrien l'avait appris en recevant son relevé de droits d'édition : une feuille A4 avec le nom de son éditeur, le titre de son roman, la date de parution, le tirage commandé, les ventes nettes et les retours. Il avait lu ça, Adrien, il avait lu ventes nettes = 42, il s'était souvenu que ses parents en avaient commandé vingt exemplaires qu'ils avaient mis sous le sapin, à Noël, pour les oncles et tantes et les cousins, que lui-même en avait acheté dix exemplaires pour en offrir aux collègues de la DGFiP (la plupart ne l'avaient pas lu mais l'avaient surnommé l'écrivain, puis, par un glissement sémantique inattendu l'écrivain était devenu l'écrevisse, et depuis c'est comme ça qu'au ministère on l'appelait, l'écrevisse), et l'écrevisse avait fait le calcul : 42 – 20 – 10 = 12. Douze personnes avaient acheté son roman. Il avait pensé les retrouver, rendre visite à chacune d'elles et les remercier personnellement, avant de renoncer définitivement à la littérature.

Mais il n'y avait pas renoncé, et il s'était remis au travail. Or il y a pire que de voir son premier roman passer complètement inaperçu, c'est d'en écrire un deuxième, c'est d'y consacrer pendant trois ans tous ses week-ends et ses vacances, c'est de remettre un manuscrit à l'éditeur qui entre-temps vous a oublié, qui d'ailleurs ne se rappelle plus votre prénom et vous appelle Aurélien, puis d'attendre deux mois avant d'avoir un retour, et tout ça pour quoi ? pour s'entendre dire qu'on est désolé, mon cher Aurélien, mais qu'il n'est pas abouti, ce roman, on ne va pas le publier, c'est de se tourner enfin vers un autre éditeur, puis un autre, puis un autre encore – et n'essuyer que des refus.

Adrien ne comprenait pas. Après tout, Gallimard avait bien refusé Proust... Et puis il y avait eu Apollinaire, et Verlaine, et Rimbaud avant lui : que des génies aujourd'hui célébrés aient pu être méconnus de leur vivant le consolait. Et peut-être bien que lui aussi œuvrait pour la postérité, peut-être bien que si ça n'était pas dans cette vie, c'est dans l'autre qu'il humerait le parfum capiteux de la gloire. Il était quand même résolu à trouver un éditeur. Est-ce que je ne pouvais pas, à tout hasard, intercéder en sa faveur ? Après tout, avait fait valoir Adrien, j'avais moi aussi publié quelques bouquins (deux, avec un succès relatif et néanmoins progressif, le dernier venait même d'être traduit en albanais – ce dont je m'étais dans un premier temps rengorgé, avant de songer que cette parution ne faisait qu'accroître la masse de mes non-lecteurs potentiels : il y avait soixante-sept millions de personnes qui ne me lisaient pas, dorénavant il y en aurait soixante-treize, mais cela m'avait valu la joie d'une invitation à la Foire du livre de Pristina, d'où j'étais rentré avec le deuxième prix, une statuette équestre de Georges Castriote Skanderberg (1405-1468), érigé au rang de héros national pour avoir résisté à l'Empire ottoman). J'avais donc publié quelques bouquins, je devais bien connaître untel et untel, et d'ailleurs je vous ai apporté mon manuscrit, me dit Adrien en sortant de son attaché-case une liasse de papiers, au moment même où s'arrêtait la musique.

Nous étions en train de prendre l'apéritif au salon, sans Tina, toujours en cuisine. Sur la table en Formica rouge elle avait laissé négligemment son téléphone, connecté *via* une prise *jack* à une enceinte, qui diffusait de la musique – *La nuit je mens*, de Bashung. Mais la voix de Bashung s'est tue d'un seul coup, et résonnait maintenant dans la pièce une mélodie universelle, celle qu'on trouve par défaut sur les iPhone, car c'était bien l'iPhone de Tina qui sonnait, d'une sonnerie qu'amplifiaient les haut-parleurs de l'enceinte, comme un tocsin moderne : s'affichait, en haut de l'écran, en lettres blanches sur fond noir, le prénom de Vasco. Aïe, j'ai pensé. Tina et lui se voyaient de plus en plus souvent, dans des lieux de plus en plus divers, plus seulement des halls d'immeuble ou des cafés. Fini, le temps des étreintes entre deux portes. Insuffisante, l'éphémère frénésie de ces heures clandestines. Il leur fallait des nuits tout entières et des éveils l'un contre l'autre dans la gloire toujours renouvelée du matin. Était venu le temps des hôtels.

C'est Edgar qui a répondu. Il a dit allô, c'est à quel propos ? Et moi je songeais mon vieux, si tu savais, c'est à propos de ta femme : il doit la retrouver demain pour passer la nuit avec elle. Mais Vasco, pas fou, a seulement répété allô, allô, plusieurs fois, comme si soudain son téléphone ne captait plus le réseau, et il a raccroché pendant que Tina sortait de la cuisine avec la fricassée de poulet flambée au cognac. Tu as reçu un appel, a dit Edgar, pas soupçonneux pour un sou, un certain Vasco, mais nous avons été coupés. Tina aurait pu se décomposer, devenir livide, balbutier quelque chose, un commencement d'explication, craquer, fondre en larmes, mais non, elle est restée impassible, Tina : c'était encore ce type de la BnF, ce Michel Vasco qui la relançait pour qu'elle vienne y faire une lecture en public, quel culot, quand même, de la déranger à cette heure-là, elle le rappellerait demain matin pour lui dire vertement sa façon de penser, bon, qui veut du poulet? (Elle ne l'avait pas volé, son Molière.)

Edgar m'inspirait une pitié tendre. Sa naïveté, sa candeur étaient telles qu'on pouvait le croire complice de l'infidélité de Tina. Ce soir-là il y avait quelque chose d'humiliant pour lui qui ne savait rien, de gênant pour moi qui savais tout et faisais mine de ne rien savoir, et de déplaisant pour Tina, qui souffrait silencieusement des tourments que lui posait sa conscience – mais après tout je n'en sais rien, je peux me tromper, et peut-être aussi que Tina ce soir-là n'éprouva pas le moindre remords, peut-être même qu'elle songeait déjà au lendemain. Le jeudi matin en effet, elle s'habillait en songeant que Vasco la déshabillerait le soir même, qu'il passerait d'abord une main sous son pull pour dégrafer son soutif, et alors il l'embrasserait dans le cou, sur les seins, déboutonnerait son jean, lui caresserait le sexe, y enfoncerait un doigt, peut-être deux, jusqu'à la deuxième phalange, et puis il la mettrait sur le lit, à plat ventre, elle se cambrerait un peu, la tête enfouie dans l'oreiller, ça va, on a compris, et ils passeraient la nuit tous les deux.

Tina prétextait des répétitions à Lille, une pièce

qu'elle devait jouer au théâtre du Nord. Chaque jeudi, elle prenait le 20 h 22 pour Lille Europe, avec une correspondance dans une chambre d'hôtel à Paris, car elle n'avait jamais voulu dormir *chez* Vasco. Le juge avait perquisitionné les lieux, inutile de les lui décrire en détail : il connaissait la maison. La maison de la rue des Saules, adjacente à la maison rose. Il avait vu le rez-de-chaussée un peu sombre, la cheminée en marbre et le lustre, le coin lecture et la salle de bains minuscule, celle beaucoup plus grande à l'étage, à côté de la chambre où il n'avait trouvé qu'un lit en merisier, un bureau et des livres. Je n'ai jamais vraiment su comment Vasco l'avait dégottée, cette maison, soixante-dix mètres carrés qui ne lui coûtaient pas plus cher qu'une chambre de bonne : il la sous-louait à des touristes étrangers, qui pour trois cents balles la nuit s'offraient un peu de rêve, une carte postale, le Montmartre de Pablo Picasso (*Cosy house in the Paris of Pablo*, c'était le titre de son annonce Airbnb).

Maintenant qu'il lui avait avoué son amour, Vasco se demandait si elle finirait par dévoiler le sien. Un soir qu'ils étaient assis sur les marches d'une église, celle attenante au Panthéon, une bouteille à la main qu'ils buvaient tour à tour au goulot, elle avait dit ce que disait Coco Chanel, je ne bois, avait dit Tina, qu'en deux occasions : quand je suis amoureuse, et quand je ne le suis pas.

Est-ce qu'elle l'était ? Est-ce que Vasco pouvait compter sur la réciprocité de l'amour qu'il avait pour elle ? Est-ce qu'elle allait lui faire l'aveu de cet amour qu'il mendiait en secret ? Il lui avait posé la question, et là, avait demandé Vasco, tu l'es, amoureuse ? Elle n'avait pas répondu. Elle avait bu ce qui restait de la bouteille, et puis elle avait traîné Vasco dans une rue à l'écart, une de ces rues sombres et désertes qui favorisent les accouplements furtifs et les crimes crapuleux, et adossée contre un mur elle avait défait à la hâte les boutons de son jean, posé la main de Vasco entre ses cuisses, et elle l'avait sommé de la prendre comme ça, debout, prends-moi là, elle avait dit avec un air de défi, et certes il y avait le réel – la rue, les gens qui pouvaient y passer, les apercevoir, s'en offusquer, les dénoncer, quelque article du Code pénal qui prohibait l'exhibition sexuelle en public et le juge, qui en vertu de cet article pouvait les condamner à une amende, peut-être même à de la prison s'il était inclément –, il y avait donc le réel qui appelait à la prudence et commandait de n'en rien faire, mais il y avait aussi le désir de Tina, il y avait *surtout* le désir de Tina, avide et violent, impérieux désir auquel on ne pouvait pas si facilement se soustraire : Tina subordonnait le réel à son désir.

Tu es folle, lui avait dit Vasco.

D'être folle de toi, elle avait répondu.

Et puis elle avait ajouté :

Celle-là est de moi.

Et tais-toi.

Et fais de moi ce que je veux.

11

Un jeudi matin, sous prétexte d'évoquer les préparatifs du mariage, Tina avait appelé sa belle-mère. Il y avait toujours eu entre les deux une inimitié réciproque. La mère d'Edgar reprochait à Tina sa légèreté, son extravagance, ce qu'elle appelait ses caprices de comédienne, et Tina ne voyait dans sa belle-mère qu'une dévote aux idées rétrogrades, qui tirait un plaisir perfide à lui faire, en permanence, mille réflexions désobligeantes. C'était une grande femme maigre qui n'avait jamais travaillé de sa vie, qui trouvait les Français fainéants, prématuré l'âge du départ à la retraite, et qui se rengorgeait au récit de l'hiver où on l'avait vue défiler contre le mariage pour tous dans les rues de Manosque, comme si elle avait défendu la liberté sur les barricades. Une connasse, résumait Tina.

On avait parlé plan de table, petits fours et choix des vins, et au détour de la conversation, Tina avait glissé combien les jumeaux avaient grandi, ces derniers temps ; et puis leur vocabulaire s'étoffait : ils réclamaient leur *ganmaman* à cor et à cri. Grand-maman s'en était émue ;

le soir même, elle invitait la famille dans le Vaucluse. Edgar avait d'abord eu l'air assez peu enthousiaste à l'idée d'aller passer deux nuits chez sa mère, mais Tina ayant insisté on avait regardé les horaires de trains, les tarifs, et merde, avait dit Tina après qu'Edgar eut pris les billets – non échangeables et non remboursables –, ma lecture à Senlis ! Le samedi après-midi elle devait faire une lecture musicale, tu sais, la lecture avec la chanteuse d'opéra, à l'abbaye Saint-Vincent, mais non, Edgar ne savait pas, mais si, rappelle-toi, il y aura même une pianiste, mais non, Edgar ne se rappelait pas, elle ne lui avait jamais dit qu'elle devait lire quelques-uns des *Fragments d'un discours amoureux* à Senlis, il s'en serait souvenu, car enfin ça ne s'oublie pas, bordel, une lecture avec une pianiste et une chanteuse d'opéra. Tant pis, il irait seul avec les jumeaux.

Voilà comment Tina s'y était prise pour s'octroyer tout un week-end en compagnie de Vasco.

Elle avait choisi un hôtel de l'Est parisien, pas tant pour le coin que pour le nom de l'établissement : Arthur Rimbaud. Elle avait lu dans un hebdo un article sur les « hôtels littéraires », une chaîne d'hôtels de standing, confortables et modernes, précisait l'article, où tout, de l'emplacement à la déco, rendait hommage à l'œuvre et l'univers d'un écrivain. Il y avait d'abord eu le Swann, dans le VIIIe à Paris, à quelques rues du 102, boulevard Haussmann, où Proust avait écrit la *Recherche*; puis l'hôtel Gustave Flaubert, à Rouen ; l'hôtel Alexandre Vialatte, à Clermont-Ferrand ; l'hôtel Marcel Aymé, rue Tholozé à Montmartre ; et enfin l'hôtel Arthur Rimbaud, ouvert depuis peu.

Tina avait réservé pour deux nuits sous un faux nom. Le vendredi soir, elle avait accompagné Edgar et les enfants gare de Lyon, elle les avait embrassés sur le quai, et au lieu de rebrousser chemin, au lieu de rentrer chez elle, elle avait marché jusqu'à l'hôtel, au bar duquel Vasco conversait avec le directeur, qui venait de lui servir un verre d'absinthe.

Soixante-sept degrés. C'est du feu qui vous descend dans les veines ; ça prédispose aux confidences. À soixante-sept degrés le cœur s'ouvre, les langues se délient. Celle de Tina surtout, Tina qui avait une famille, deux enfants, un père pour ses enfants qui bientôt serait son mari, son mari qu'elle aimait, car elle l'aimait, son mari, je l'aime, elle disait, oui, vraiment, je l'aime, répétait Tina devant Vasco, à qui elle disait aussi qu'elle et lui ça n'était rien en regard de cela, toi et moi ce n'est rien, infinitésimal en regard de ce que j'ai pu construire avec lui, et pourtant c'est ce rien qui m'obsède, qui me hante, qui me ronge, disait maintenant Tina au directeur de l'hôtel en se faisant resservir de l'absinthe, tout cela est absurde, déraisonnable, insensé, continuait Tina qui buvait cet alcool brûlant comme sa vie.

Ils étaient là depuis une bonne demi-heure, quand le directeur a pris congé en leur offrant un coupon de réduction – soixante-dix pour cent sur une chambre, à utiliser dans les six mois, car il en va des coupons de réduction comme de l'amour : ils portent en eux un terme, une échéance, le désamour est immanent à l'amour comme la date d'expiration l'est au coupon de réduction, à la différence que sur le coupon tout est clair, tout est écrit noir sur blanc, on sait au jour près quand il sera périmé, ce qui n'est jamais le cas de l'amour.

L'hôtel comptait quarante-deux chambres, chacune en plus d'un numéro portait le titre d'un poème de Rimbaud, le nom d'une ville qui l'avait vu passer – Aden, Londres, Harar, etc. –, ou bien le nom de ceux qui l'avaient connu, qui l'avaient appelé par son prénom, du temps où il n'était qu'un jeune homme aux cheveux ébouriffés qui se voulait poète, c'est-à-dire *voyant*, c'est-à-dire *voleur de feu*, et pas encore cette mythologie intimidante qu'aujourd'hui nous appelons Arthur Rimbaud. Tina a demandé si la chambre 42 – Paul Verlaine – était libre ; elle l'était. C'était au quatrième étage, à côté de la chambre Izambard. Les portes de l'ascenseur se sont refermées sur un quatrain tiré du *Bateau ivre* reproduit sur le mur, et à partir de là je ne sais pas grand-chose, sinon qu'ils ont passé deux nuits et un jour dans cette chambre d'hôtel, sans jamais prendre le petit déjeuner, pourtant inclus dans le prix. À partir de là c'est donc une histoire de corps flamboyants qui se comblent, de cœurs qui cavalcadent au milieu de la nuit, de langues et de lèvres jamais rassasiées, de fièvre toujours ranimée, et disant cela je voyais le greffier lever les yeux au ciel – aux âmes dépassionnées la passion est obscène.

Alors un instant j'ai fermé les miens. Dans le bureau du juge j'ai fermé les yeux et j'ai essayé d'imaginer Vasco et Tina la première nuit dans leur chambre d'hôtel, Vasco déjà nu, Tina en culotte qu'elle retire et garde à la main. Elle se retourne, s'agenouille, elle a le cul offert, et elle lui dit de la prendre comme ça, pendant qu'Edgar, dans le Vaucluse, se glisse dans les draps de son lit, dans sa chambre d'enfant. Finalement pas une mauvaise idée, ce week-end chez ses parents. Demain, il irait à Manosque avec les jumeaux, et on irait au McDonald's. Ils adoraient ça, le McDo, et puis on mangerait un McFlurry, Arthur au M&M's et Paul au Kit Kat. Après quoi, les laisser à leur *ganmaman*, en profiter pour faire une balade, peut-être aussi un peu de shopping, s'offrir une doudoune, même couleur mais plus épaisse. Comme ça, bien au chaud pour l'hiver. Chaleur incandescente de cette chambre d'hôtel, où Tina veut qu'il la prenne, la tienne et la baise, d'une baise oxymorique, avec délicatesse et vivacité, impétuosité mais tendresse, en lui tirant les cheveux, en l'étranglant, oui, elle voudrait qu'il enserre son cou de sa main et qu'elle se sente suffoquer, puis qu'il relâche la pression et lui donne, pourquoi pas, de petites tapes sur le cul, mais toujours en l'aimant. Qu'il lui montre des égards et néanmoins qu'il lui brise l'échine. Brise-moi l'échine, implore Tina qui se veut sujette et souveraine à la fois, avilie, souillée mais glorifiée, indocile et soumise, princesse et putain. Nom de Dieu, on se les gelait toujours autant. Mille deux cents mètres carrés en vieilles pierres à chauffer, ça coûtait bonbon mais quand même, ils auraient pu faire un effort, les vieux. Au moins, ils avaient rallumé le chauffage dans la chambre des gamins. Mais pas dans la sienne. À quoi bon habiter une région aussi ensoleillée si c'était pour claquer des dents sous les draps ? Et s'il avait le malheur de leur en faire la remarque, il essuyait aussitôt une volée de bois vert. Un panier percé, on lui disait. Voilà ce qu'il était. Si seulement Tina s'était trouvée là, avec lui, elle aurait su le réchauffer à sa manière, ah ça, quand elle voulait, elle savait y faire, hé hé. Haletante au-dessus de Vasco, c'est elle qui le baise maintenant. Elle ne veut plus le voir bouger ni l'entendre, elle lui demande simplement de bander, d'être l'inerte instrument de ses plaisirs, un tyran, elle pense, je suis un tyran et lui mon esclave, il est à ma merci et j'en dispose à ma guise. Il n'arrivait pas à dormir. Il n'avait pas fait d'exercice aujourd'hui. Est-ce qu'il ne ferait pas quelques pompes, quelques abdos avant de se remettre au lit ? Elle lui manquait. Il regrettait de s'être un peu énervé. L'appeler ? Minuit dix : elle était perfectionniste, elle devait être en train de répéter son texte pour demain, pour sa lecture musicale à Senlis. Sa lecture avec la pianiste et la chanteuse d'opéra. Elle aurait pu lui en toucher un mot, tout de même. Elle avait oublié. C'est qu'elle avait la tête ailleurs, ces derniers temps. Tête de linotte, va. Elle vient de jouir. Elle vient de jouir avec emphase, ses pupilles se dilatent, ses lèvres frémissent, plusieurs fois sa chatte se contracte dans des spasmes voluptueux, elle continue, dans une recherche toujours accrue du plaisir, elle est *le plaisir même*, et maintenant elle embrasse Vasco sur le front, sur les paupières, sur la bouche, Tina gourmande et vorace, affamée, soudain prise d'une fringale de baisers, innombrables baisers dans le cou de Vasco, sur son torse, sur son ventre et sur ses poils en bas du ventre, bruns, torsadés, et qui lui montent jusqu'au nombril, comme une colonie de fourmis. Et voilà qu'elle les lèche, à la sueur de Vasco se mêle un filet de salive, et Tina poursuit vers l'aine, les couilles, la bite enfin. La prendre entre ses lèvres mais d'abord, retirer l'élastique à son poignet, s'attacher les cheveux : elle s'en voudrait qu'ils lui cachent le visage, elle veut qu'il la voie, qu'il voie dans ses yeux le plaisir insensé qu'elle éprouve à passer sa langue sur la surface polie de son gland, et elle pourrait le faire jouir comme ça, avec la pointe de la langue, comme un supplice très doux. Cela dit elle pouvait être en train de dormir. L'appeler quand même ? Allez, l'appeler quand même, pour rien, pour entendre le son de sa voix, pour lui dire qu'ils étaient bien arrivés, pour lui souhaiter bonne nuit. Mais s'il la réveillait ? Oh, après tout ça ne l'avait pas dérangée, l'autre fois, hé hé. Elle avait aimé ça, c'est peu dire, et pendant qu'il s'escrimait en elle, à moitié endormie, il l'avait entendue prononcer les noms de Gutenberg et de Rimbaud. Décidément une intellectuelle, même dans ses rêves. Allez, l'appeler. La bite de Vasco. Dans cette chambre d'hôtel c'est comme s'il n'y avait eu que la sienne, la seule, l'unique en sa bouche engloutie, sa queue qu'elle a fait passer entre ses doigts puis contre son visage avant de la prendre entre ses lèvres, et qu'elle branle maintenant de manière frénétique et saccadée, elle veut qu'il vienne dans sa bouche, Vasco voudrait bien tenir plus longtemps mais rien à faire, impossible, même une seconde, même si le monde devait périr eh bien tant pis, que périsse le monde, ça y est, ça vient, Vasco jouit à son tour, il a un orgasme et Tina, un appel en absence.

Ça va !? a demandé le juge en claquant plusieurs fois des doigts devant mes yeux, vous êtes toujours avec nous ?

Pardon, j'ai dit, j'avais l'esprit ailleurs.

Bon, concentrons-nous. Vous disiez donc qu'à partir de là, à partir du moment où ils sont dans la chambre, vous ne savez pas grand-chose.

Seulement, j'ai repris, qu'il y avait dans cette chambre une baignoire ; que Tina a pris un bain, avec de l'eau très chaude et de la mousse, pendant que Vasco, assis sur un tabouret, lui lisait des poèmes ; qu'une vingtaine de minutes plus tard il est sorti de la salle de bains, bientôt suivi par Tina en peignoir de l'hôtel. Tina n'avait pas vidé l'eau de la baignoire, lui aussi pouvait se baigner. Plus tard peut-être, a dit Vasco, mais Tina insistait : l'eau allait refroidir. Bon, d'accord, a concédé Vasco qui s'est levé, et alors il a compris : sur le miroir embué de la salle de bains, Tina avait tracé *je t'aime* avec le doigt.

Alors Vasco s'est baigné dans l'eau de Tina en regardant s'estomper son *je t'aime*, et peut-être qu'il aurait dû y voir comme un présage, et se dire qu'un je t'aime aussi fugace, éphémère, ne pouvait qu'être le signe annonciateur de la débâcle à venir, mais je n'ai rien vu, m'a dit Vasco, il n'a rien vu sinon Tina allongée sur le lit, nue sous son peignoir entrouvert, lascive, offerte, sa princesse andalouse qui a murmuré je t'attendais, mon amour, et dans la pénombre de leur chambre d'hôtel ils ont fait l'amour une nouvelle fois, chassant de leurs pensées l'inévitable, or l'inévitable en l'occurrence c'était qu'Edgar finisse par tout apprendre, mais pour le moment il dormait seul, dans sa chambre d'enfant mal chauffée, sa doudoune par-dessus son pyjama et sa gouttière dans la bouche pendant que Tina dans la sienne avait encore le goût des lèvres et de la sueur et du sperme de Vasco, pendant qu'elle avait sa tête sur sa poitrine et sa poitrine entre ses jambes, et que son cœur battait contre ses couilles, car il battait, son cœur, il s'emballait follement, tac-tac, tac-tac, tac-tac, a fait

Vasco, la minuterie d'une bombe – une énorme bombe à retardement dont ils savaient tous les deux qu'elle finirait par leur exploser à la gueule, où, quand et dans quelles circonstances, cela ils n'en savaient encore rien.

En attendant, a dit le juge en me montrant le cahier, ils trinquaient.

Aux rencontres fortuites
Aux écarts de conduite
À nos chambres secrètes
Aux puissances discrètes
Obscures des hasards
Et à tout ce bazar
Que ça fout dans nos vies
À la vie à l'envie
De tes lèvres soudain
De ta langue et tes mains
Caressant à loisir
Mon corps nu au plaisir
Au vertige à l'émoi
Qu'on ressent toi et moi
Je trinque avais-tu dit
Je trinque à tout cela
Mon amour *e basta*
Così

12

M'adressant au juge, je songeais au greffier.

Pour lui raconter cette histoire – la raconter au juge, c'était la raconter au greffier –, je convoquais mes souvenirs, or mes souvenirs étaient passés au prisme déformant de la mémoire, et je songeais qu'il pouvait bien y mettre tout son zèle, le greffier, et taper scrupuleusement, consciencieusement chacun de mes mots, ça n'était jamais qu'au passé *recomposé* qu'il la mettait par écrit, cette histoire.

Elle semblait de toute façon lui passer au-dessus de la tête. Il l'écoutait parce qu'il le fallait, il faisait son boulot, voilà tout. Ils me fatiguent, ces deux couillons épris d'absolu, avec leur énième variation d'un *amour réciproque malheureux*, avec leur sensibilité exubérante, leur romantisme noir, elle et son vague à l'âme opiniâtre et sauvage, et lui, n'en parlons pas, ce Werther au petit pied, ses malheurs nains et ses poèmes de pacotille – voilà ce qu'il devait penser, le greffier. Il avait tout de l'homme prudent et diligent, raisonnable et soucieux, menant une vie conjugale paisible et nonchalante, économe en battements de cœur – le bon père de famille, au sens où l'entendait le Code civil il n'y a pas si longtemps. Il était de ceux qui portent une ceinture *et* des bretelles, boivent avec modération, souscrivent des polices d'assurance, préconisent de la tempérance en toutes choses, méprisent le mépris des conventions, raillent les chagrins d'amour et s'en tiennent éloignés aussi loin que possible.

Mais peut-être qu'au fond j'avais tort. Sous le costume du greffier, à gauche de la cravate, un cœur battait, et lui aussi dans sa jeunesse, avant de reporter ses désirs sur des passions moins dévorantes, pêche à la mouche, collection de timbres ou randonnée en montagne, lui aussi avait dû rêver de romances dont il ferait des romans – il n'est pas un greffier qui ne porte en lui les débris d'un immense écrivain. Et si Tina s'était trouvée là, avec moi, dans le bureau du juge, et qu'elle avait pu lire dans mes pensées, elle m'aurait mis en garde à sa façon, et sa façon à elle c'était d'exhumer une phrase piochée dans ses lectures pour la ressortir au moment opportun – peut-être alors qu'elle m'aurait dit ce qu'avait écrit Jules Renard : « On peut être poète avec les cheveux courts. »

Vasco, ai-je repris, avait les cheveux de plus en plus courts. L'inquiétude le rongeait : le mariage approchait, et rayer Tina de sa vie lui paraissait aussi inconcevable, aussi insensé que de la ravir à la sienne. Les joueurs d'échecs ont un terme pour ça : *zugzwang*. « Être en *zugzwang* », c'est être obligé de jouer un coup perdant. Peu importe le coup qu'il pouvait jouer, il semblait à Vasco qu'il allait perdre. Une impasse, disait-il, voilà dans quoi nous sommes, et Alessandro, avec ses ciseaux à la main, le rassurait comme il pouvait : elle va se marier, concédait Alessandro, elle va aimer son mari, mais elle va t'aimer en même temps, et vous serez amants pendant vingt ans, *tutto bene.* Et comme Vasco doutait qu'on pût aimer deux personnes à la fois, Alessandro lui dit que l'amour, c'était pas du gâteau : l'amour en effet n'était pas un gâteau que l'on pouvait couper à sa guise, en parts plus ou moins égales. Est-ce qu'une femme déjà mère d'un enfant retranchait cinquante pour cent de l'amour qu'elle avait pour le premier quand le second venait au monde ? Non : à celui-là comme à l'autre elle donnait cent pour cent de son amour, car l'amour ne se divise pas, il se multiplie. Le cœur, comme l'Univers, est extensible, et Tina pouvait le prendre lui, pour amant, sans préjudice de l'amour qu'elle éprouvait pour son mari.

Tout le malheur des couples, selon Alessandro, venait de ce qu'on voie généralement dans le couple une convention bilatérale d'exclusivité sexuelle à durée indéterminée. S'il était communément admis que l'on puisse coucher, çà et là, avec un tiers, et le soir, au lit, le raconter à son conjoint comme il est d'ordinaire de raconter sa journée, tiens, aujourd'hui, à la pause déj, Jean-Jacques m'a prise sur la photocopieuse, et tu sais quoi, chéri, une bonne queue, de temps en temps, y a pas à dire, ça fait un bien fou ; si cela paraissait naturel, anodin, et qu'il fût possible d'avoir cette conversation-là sur l'oreiller, il y aurait beaucoup moins de divorces. Cette idée, Vasco en avait fait part à Tina, qui lui avait dit tu as raison : quand le désir s'émousse au sein du couple, il faudrait pouvoir sous-traiter.

Elle se figurait le couple avec enfants comme un triangle, avec pour sommets la conjugalité, la parentalité et la sexualité. Edgar était un bon conjoint, un père encore meilleur, il prenait soin d'elle et des jumeaux qu'il élevait avec amour, un père parfait, vraiment, jusque dans la sollicitude qu'il avait à l'égard de leur transit – il veillait à ce qu'ils apprennent à aller *sur le pot.* Il reliait les deux premiers sommets, pas le troisième et pourtant, avant Vasco, elle n'avait jamais pensé lui être infidèle – Edgar avait grandi dans la religion catholique, il ne l'aurait pas supporté : dix-huit ans d'une éducation stricte adossée à deux mille ans d'une morale rigoriste et antihédoniste, voilà qui vous fait ériger l'infidélité comme le péché suprême. Et bien sûr ils avaient déjà évoqué le sujet, si je te trompe, elle lui avait demandé, tu m'en voudrais ? À mort, il avait dit. À mort.

Vous, je ne sais pas, mais moi je vois la vie comme deux lignes parallèles : la première représente ce à quoi l'on aspire, ce que l'on voudrait être ; la seconde, ce que l'on est réellement. Et bien sûr elles ne se superposent jamais tout à fait, mais tout l'enjeu est d'en réduire l'écart autant que possible. On ne mesure pas la réussite d'une vie à l'écart entre ces deux lignes, mais à l'effort consenti pour le réduire.

Et de cela aussi j'avais fait la remarque à Tina qui le creusait, l'écart. Ce que Tina voulait, ce à quoi elle aspirait, c'était une vie calme, apaisée, une vie sans mensonges et sans confusion des sentiments, et néanmoins elle aimait Vasco, et parce qu'elle l'aimait elle continuait à le voir, pas moyen de faire autrement, et pour le voir elle devait mentir à Edgar – et là non plus, pas moyen de faire autrement. Or elle l'aimait aussi, Edgar, pas d'un amour passionnel, déraisonné comme celui qu'elle avait pour Vasco, mais cet amour était solide et certain, durable – et puis il était le père de ses enfants, et ses enfants pour elle étaient tout.

Putain de *zugzwang*, répétait Vasco qui savait cette histoire vouée à l'échec ; Tina tôt ou tard se rendrait compte qu'il était moins compliqué d'être *sans* lui qu'avec lui, alors elle finirait par couper les ponts, comme elle l'avait déjà fait ; et pour de bon, cette fois-ci. Du temps passerait, qu'elle mettrait à profit pour déprécier leur amour, l'enfouir dans les replis de sa conscience, l'en exiler peut-être, faire mourir en elle l'image qu'elle avait de lui, se mentir à elle-même, prétendre qu'elle n'avait jamais aimé qu'Edgar, avant, pendant, après, et le prendre lui, Vasco, l'amant éconduit, en aversion. Voilà ce qu'elle ferait, sa princesse andalouse, et puis un jour, quand les enfants auraient grandi, de nouveau elle aimerait, pas lui mais un autre. Lui, elle l'aurait oublié. Qu'en resterait-il, alors, de cet amour qui les avait liés ? Du regret, de la nostalgie, de l'amertume – de ce qui aurait pu être, de ce qui n'avait pas été, de ce qui fut. Voilà ce qu'il a voulu dire, je suppose, dans les quatrains que nous avons maintenant sous les yeux :

> Tu verras, mon amour, viendra le jour funeste,
> Où l'amour, mon amour, cet amour un peu fou,
> Qui mérite à lui seul une chanson de geste,
> Laissera, mon amour, un grand vide entre nous.

Et nous qui nous aimons d'amour comme l'attestent
Tes lèvres à présent dans le creux de mon cou,
Nous nous fuirons l'un l'autre comme on fuit la peste,
Nous qui l'un pour l'autre avions une faim de loup.

Tu feras à mon nom une moue manifeste,
J'aurai dans la bouche comme un arrière-goût,
En prononçant le tien, amer et indigeste,
Et serai parcouru d'un frisson de dégoût.

Qu'y peut-on, mon amour, si l'esprit se déleste
Des plus beaux souvenirs quand l'amour se dissout ?
Car l'amour, mon amour, est comme un palimpseste,
On écrit là-dessus, puis on efface tout.

13

Il se peut que je tue un homme.

C'est ce qu'a dit Vasco un matin à Me Malone, notre ami avocat : il se peut que je tue un homme – avant de lui demander ce qu'il encourait, si d'aventure il tuait un homme.

Ce matin-là Vasco s'était levé de bonne heure, et ça n'est que devant son petit déjeuner qu'il avait consulté son portable. Il avait reçu, au milieu de la nuit, un mail sans objet, pas besoin de le lire, même pas besoin de l'ouvrir, il avait compris aussitôt, rien qu'en voyant l'adresse il avait su à quoi s'en tenir : elle se terminait en .gouv.fr.

Ce qui s'est passé, je ne l'ai su que plus tard. Tina depuis quelque temps avait l'air absente, préoccupée; elle était tour à tour euphorique et mélancolique, son humeur variait de jour en jour, et parfois d'heure en heure; elle pouvait passer, en un claquement de doigts, du plus vif accablement à l'exaltation la plus vive; Edgar la trouvait soucieuse, désinvolte, évasive, *bizarre,* c'est lui qui disait ça, tu es bizarre, chérie, et plusieurs fois il lui avait demandé ce qui n'allait pas, quelque chose te tracasse, il disait, mais Tina, chaque fois, éludait. Au début, il avait mis cela sur le compte des préparatifs du mariage, il y avait tant de détails auxquels il lui fallait songer, tant de problèmes à régler, entre cet enfoiré de traiteur qui rechignait à prendre en compte les interdits alimentaires des invités, les végétariens, les végans, sans compter tous ces cons qui s'inventaient une allergie au gluten, le DJ qui insistait pour passer du Michel Sardou en fin de soirée, sa robe à choisir, les faire-part à envoyer, tout cela l'angoissait, c'était normal, ça arrivait à tout le monde, ça devait être le mariage. Et puis elle travaillait d'arrache-pied : elle était pressentie pour jouer dans un film, son premier, un second rôle dans un biopic sur la vie d'Évariste Galois, et puis elle avait commencé les répétitions d'une pièce, prévue pour le Off d'Avignon en juillet, juste après le mariage.

Alors pour lui changer les idées, Edgar lui avait offert un abonnement dans son club de fitness. Il y avait une piscine, un sauna, un hammam et surtout des cours collectifs. Tina avait vu là l'occasion d'accroître la fréquence de ses rendez-vous clandestins : deux soirs par semaine, elle prétextait une séance de yoga pour retrouver Vasco dans une chambre d'hôtel. C'était chaque fois le même hôtel, chaque fois la même chambre, chaque fois des voluptés différentes : l'hôtel Arthur Rimbaud, la chambre Verlaine, où ils se déshabillaient l'un l'autre avec une impatience fébrile, s'embrassaient, se caressaient, finissaient par baiser ; et puis ils restaient allongés en silence, dans le plaisir de se taire ensemble, dans cette complicité muette qui est le vrai langage du cœur, à scruter les moindres détails de leurs corps, en entomologistes de l'amour ; l'aiguille opiniâtre tournait ; Tina se rhabillait, embrassait Vasco avec ardeur, à regret s'arrachait à ses lèvres et rentrait du yoga. Edgar, au bout d'un mois, avait trouvé que ses muscles s'étaient assouplis, sa silhouette affinée.

Un soir où Tina s'était de nouveau enfermée dans la salle de bains pendant une heure – car elle ne prenait jamais de douche à l'hôtel, elle voulait garder l'odeur de Vasco, l'odeur de sa peau, de sa transpiration, de son sperme aussi longtemps que possible, la prégnance de notre amour, elle disait, je veux garder la prégnance de notre amour, mon amour –, Edgar avait vu, au pied du lit, son sac de sport entrouvert ; ses affaires étaient délicatement pliées, son legging et son tee-shirt étaient secs, propres, pas une trace de transpiration, ils sentaient encore la lessive. Au dîner, il lui avait demandé ce qu'elle faisait comme type de yoga. Est-ce que c'était un yoga méditatif, moins centré sur le corps que l'esprit, basé sur la respiration et de longs étirements, ou est-ce qu'au contraire c'était un yoga dynamique, avec enchaînement de chorégraphies et renforcement musculaire ? Et Tina s'était trahie : Ashtanga, elle avait dit, j'en sors lessivée.

Cette nuit-là Edgar n'avait pas pu trouver le sommeil. Il regardait Tina qui dormait, si paisible et si belle, la pauvre chérie, tout ce sport avait dû l'épuiser. Son yoga. Son putain de yoga. Et au milieu de la nuit, ce qu'il s'était juré de ne jamais faire, il l'avait fait. Il n'avait eu qu'à tendre le bras pour saisir l'iPhone de Tina, en charge au pied du lit. On pouvait le déverrouiller soit par reconnaissance digitale, soit avec un code à six chiffres. Facile : c'était la date de naissance de leurs fils. Arthur et Paul étaient en fond d'écran avec lui, ils mangeaient un McFlurry, ils avaient de la glace partout, sur les lèvres, sur les joues, sur le nez; Edgar avait pris ce *selfie* deux mois plus tôt à Manosque, il avait dit on va l'envoyer à maman, et maman avait répondu « Mes amours », et puis elle avait ajouté « je vous aime », avec une salve d'émojis en forme de cœur; or au moment où elle avait reçu la photo, maman ne sortait pas comme elle l'avait laissé croire d'une lecture musicale à Senlis, non, il n'y avait pas eu de lecture musicale à Senlis, elle n'avait même jamais foutu les pieds à Senlis, maman, elle était à Paris, elle était avec son amant dans une chambre d'hôtel, où elle se faisait baiser comme la petite putain qu'elle était.

Et ça, Orwell ne l'avait pas prévu. Il avait prévu pas mal de choses, Orwell, mais pas ça. Pas que nos moindres faits et gestes, pas que chacune de nos paroles seraient consignés dans un petit objet qu'on aurait sur soi en permanence, qu'on trimballerait partout, de *notre* plein gré. Il y avait tout, dans ce téléphone. Il y avait le greffe de sa relation adultère, une conversation WhatsApp, si assidue qu'elle semblait infinie, où était conservé ce qu'Edgar devait appeler, les jours suivants, quand il instruirait le procès de Tina, des *pièces à conviction* : des centaines, des milliers de messages et de photos qu'elle et Vasco depuis des mois s'échangeaient. Et cet échange, il en avait remonté tout le fil, il avait lu les premiers messages anodins, espacés de plusieurs jours; ceux, plus fréquents, plus allusifs, après leur rencontre à la BnF; les atermoiements, les circonvolutions pour s'avouer leur amour ; leur histoire y était commentée, analysée, disséquée. Ce qu'il y avait d'écrit lui faisait mal ; et ce qui ne l'était pas plus encore, car il l'imaginait. Rien ne lui fut épargné, et il sut tout des sentiments de Tina, jusqu'à l'envie qu'elle avait eue, quelques heures auparavant, de tatouer de ses lèvres la peau de Vasco – c'était ce qu'elle lui disait dans son dernier message, mot pour mot : *encore envie de tatouer ta peau de mes lèvres.*

Et bien évidemment je ne suis pas dans sa tête, à Edgar. Je ne suis pas sûr de savoir ce qu'à ce moment-là il a pensé, mais je devine qu'il fut terrassé d'apprendre tout ça, et qu'il en fut mortifié ; il s'était fait berner plusieurs mois par une femme qu'il aimait, dont il croyait être aimé en retour, qui était la mère de ses fils, qui devait l'épouser, et qui était là, dans son lit, dans *leur* lit, le lit conjugal, à côté de lui, à rêver d'un autre que lui. Et si j'essaie de l'imaginer je le vois, Edgar, assis au bord du lit avec à la main l'iPhone de Tina, la lumière de l'écran éclaire faiblement son visage et ses yeux, et dans ses yeux la colère se mêle au dégoût ; il réprime un frisson horrifié, se lève, chausse ses pantoufles et murmure : falope (il a encore sa gouttière dans la bouche). Il va s'occuper d'elle, oh ça, on peut compter sur lui. Mais d'abord, fe fife de fute de Fafco.

Vasco, à qui dans la nuit Edgar avait donc envoyé un e-mail : il avait lu, disait-il, leur conversation *in extenso,* il savait tout de leur liaison ; il lui rappelait qu'il connaissait son adresse ; il l'informait qu'un matin, ou un soir, on verrait bien, il viendrait le trouver devant chez lui, et que l'ayant trouvé il le défoncerait à coups de batte ;

il le priait de bien vouloir aller se faire enculer ; et, ses mails étant configurés de manière à se conclure par une formule de politesse automatique qu'il avait oublié d'effacer, il l'assurait de ses meilleurs sentiments.

Là non plus je n'allais pas accabler le juge de détails, et tout cela, les soupçons d'Edgar à l'égard de Tina, la façon dont il avait découvert son infidélité, les menaces envoyées à son amant, tout cela je l'ai résumé en trois phrases – deux de plus que Vasco qui de cet épisode n'avait tiré qu'un seul vers, un alexandrin de facture classique avec césure à l'hémistiche :

Et le ciel orageux nous tombe sur la tête

C'est tout ? j'ai demandé, un seul vers, vraiment ?

Un vers solitaire, a confirmé le juge, et j'ignorais s'il l'avait fait exprès, s'il avait essayé d'être drôle ou si c'était involontaire ; dans le doute, j'ai souri, il faut toujours sourire dans le doute, surtout devant un juge d'instruction.

Il se peut que je tue un homme. Il a dit ça comme ça, Vasco, sans préambule alors qu'il venait d'entrer dans le cabinet de Me Malone, notre ami avocat, dans son vaste bureau dont les fenêtres donnaient sur la rue de Rennes, un de ces bureaux avec parquet, cheminée, moulures et belle hauteur sous plafond que les agents immobiliers dans leur jargon uniforme qualifient « de standing et baigné de lumière », car ils ont leur jargon, les agents immobiliers, le plus souvent hyperbolique et mensonger : « duplex », ça veut dire lit en mezzanine, « charme de l'ancien », que le ballon d'eau chaude est défectueux, « dans son jus », que tout est à refaire, « atypique », que les chiottes sont sur le palier, mais là au moins ils n'auraient pas menti en disant qu'il était « de standing et baigné de lumière ».

Car il l'était, ce bureau. Vraiment.

Un peu comme le vôtre, ai-je expliqué au juge, encore que le vôtre, ai-je menti pour lui faire plaisir, a peut-être encore plus de standing, et peut-être encore plus de lumière, et Vasco dans le bureau de notre ami avocat pensait à l'inadéquation qu'il y avait entre la somptuosité des lieux, la pompe et le faste qu'on avait déployés pour les garnir et la misère, le sordide des affaires qu'on y traitait. C'est qu'entre ces murs sur lesquels on avait accroché des tableaux de maître, sous les cristaux scintillants d'un grand lustre, on papotait, l'air de rien, en prenant son café, vol avec violences, trafic de stupéfiants, homicide volontaire, abus sexuel, viol collectif et même, de temps en temps, pour se détendre, séquestration de patron.

Vasco regardait notre ami avocat, sa chemise blanche échancrée sous son blazer bleu marine, sa gueule de cinéma muet, son regard grave et son sourire économe, car il souriait peu, notre ami avocat, il ménageait ses effets, et dès lors qu'il souriait il me rappelait la définition que Camus donnait du charme : une manière de s'entendre répondre oui sans avoir posé aucune question claire – ce qui n'est pas tout à fait inutile, a fait remarquer le juge, quand on doit convaincre un jury.

Sur son bureau se trouvaient un ordinateur, un stylo-plume, un presse-papiers, des stabilos, divers Codes – civil, pénal, de procédure pénale – de diverses couleurs, et tout un fatras de dossiers dans des chemises cartonnées dont l'une, orangée, portait au feutre vert la mention : « Détrousseurs de l'aube, Pablo Picasso ».

C'est quoi ce truc, a demandé Vasco. On a dérobé un tableau du maître espagnol ?

Simple affaire de vol à la tire, a expliqué notre ami avocat : une petite bande de Bobigny qui officiait de bon matin dans le métro, profitant de l'ébriété de leurs victimes assoupies pour leur faire les poches avant de se partager le butin au terminus de la ligne 5, la station Pablo-Picasso. Il se peut que tu tues un homme ?

Et alors Vasco lui a tout raconté, il lui a parlé de Tina, de leur rencontre six mois plus tôt, des premiers émois puis de l'amour improbable, impossible, de moins en moins improbable et de plus en plus impossible, tout, dans les moindres détails, jusqu'au mail d'Edgar qu'il avait reçu dans la nuit. Il veut me défoncer à coups de batte, a dit Vasco. Il sait où j'habite. Il me faut un flingue.

Huit ans, a lâché notre ami avocat. Une belle plaidoirie, un casier judiciaire encore vierge, un procureur clément et un jury magnanime, et tu peux t'en tirer avec huit ans de prison. Peut-être plus mais moins, non. Alors bien sûr, a-t-il précisé, il ne serait pas impossible d'invoquer la légitime défense. Sur quoi il a ouvert le Code pénal, article 122-5 : « N'est pas pénalement responsable la personne qui, devant une atteinte injustifiée envers elle-même ou autrui, accomplit, dans le même temps, un acte commandé par la nécessité de la légitime défense d'elle-même ou d'autrui. »

Eh bien voilà, a fait Vasco en claquant des doigts, le problème est réglé.

Pas exactement, a tempéré notre ami avocat. Et puis il s'est lancé dans des considérations plus techniques, lui expliquant qu'il y avait trois conditions cumulatives pour que la légitime défense soit reconnue : 1. Que l'atteinte soit injustifiée. 2. Qu'elle soit concomitante à l'acte. 3. Que les moyens de défense employés soient proportionnels à la gravité de l'atteinte.

En gros, ça voulait dire que si Edgar se pointait, comme il l'avait laissé entendre, devant chez Vasco avec une batte, et que Vasco, comme il en avait manifesté l'intention, se défendait avec un flingue, eh bien il pouvait faire transférer son courrier à Fleury-Mérogis ou à Fresnes.

La proportionnalité relevait de l'appréciation souveraine du juge, la fameuse intime conviction, a continué Me Malone. Il lui faudrait prouver l'attaque, car c'est à lui qu'incomberait la charge de la preuve, bref, il lui déconseillait, *quelles que soient les circonstances*, de se procurer une arme à feu. Et puis notre ami avocat ne croyait pas à l'exécution des menaces – qui voulait vraiment la mort d'un homme, jugeait-il, ne prenait ni le temps ni la peine de l'en informer –, tout finirait par s'arranger, le temps aplanissait bien des choses, Vasco ferait mieux de rentrer chez lui.

Tu as raison, a dit Vasco rasséréné, tu as raison, a-t-il répété, je vais rentrer chez moi.

Un peu plus tard, il quittait le cabinet d'avocat, traversait la rue, retirait le cadenas de sa Vespa garée un peu plus loin. Puis, ayant longuement appuyé sur le bouton Home de son iPhone, il demandait, d'une voix intelligible et résolue : « Dis Siri, tu sais où je peux trouver une armurerie ? »

14

Revenons à Edgar.

Il avait pour habitude, le samedi matin, d'emmener les jumeaux au parc Monceau. C'était leur moment à tous les trois, *entre mecs*, disait-il à Tina, pas mécontente de s'offrir une grasse matinée. Elle se réveillait vers onze heures, quand ils rentraient, et qu'ils sautaient sur son lit, et alors elle les serrait dans ses bras, les couvrait de baisers ; elle disait mes amours mes amours, eux répondaient mamour mamour – contraction de *maman d'amour* ; et ils s'enroulaient tous les trois dans la couette. Ce matin-là, à midi, ils n'avaient toujours pas reparu.

Tina avait appelé Edgar, mais pas de réponse : elle tombait directement sur sa messagerie. Il avait dû éteindre son téléphone, ça lui prenait, de temps en temps, ras le bol, il disait, d'être à la merci de ce machin dans ma poche. Un temps, il avait même songé s'en séparer. Sauf qu'en cas de besoin, avait pensé Tina, c'est au sien qu'il aurait recours ; elle avait pressenti le danger et, l'air de rien, l'en avait dissuadé.

Elle avait fini par se lever. Elle avait fait du café dans la cuisine, qu'elle était allée boire au salon en regardant par la fenêtre. Elle voyait des érables, des platanes effeuillés. Quand on lui demandait où elle vivait, elle ne disait pas rive droite, elle ne disait pas dans le XVIIe, elle disait parc Monceau. *Mon* parc, elle disait. Mon petit parc adoré. Elle était séparatiste : pour la Commune libre de Monceau. Bon, ça n'est pas tout, s'est dit Tina, mais je ferais bien de bosser. Et ça n'est qu'en cherchant son texte qu'elle a vu, sur la table rouge, le verbatim de sa conversation avec Vasco. Cent quatre-vingt-dix-sept pages qu'Edgar avait pris le soin d'imprimer. Recto verso, les pages. Et là-dessus la photo qu'il avait envoyée de Manosque, celle du fond d'écran de Tina. En confettis, la photo.

Mettez-vous à sa place.

Je vous laisse imaginer la déflagration.

La culpabilité qui vous ronge et la peur qui vous gagne.

La douleur aiguë d'être au monde quand c'est votre monde qui s'écroule.

L'insupportable incertitude, la sensation d'impuissance après que vous avez cherché à joindre Edgar une fois, deux fois, trois fois mais en vain : c'est sur la messagerie que chaque fois vous tombez.

Le cerf qui d'un seul coup n'est plus seul, ils sont deux, ils sont trois, ils sont mille qui se livrent un combat dont votre ventre est le champ de bataille.

Je vous laisse imaginer tout cela.

Il n'y avait plus qu'à attendre.

Elle a bu jusqu'au soir dans les larmes, du vin qui

ne faisait qu'accroître les larmes ; et les larmes et le vin avaient la saveur d'une irrémédiable débâcle.

Edgar est rentré le lendemain, sans les enfants.

Il faut qu'on parle, il a dit.

Et si ça n'avait tenu qu'à lui, il l'aurait soumise à la question, au sens moyenâgeux du terme : celui d'interrogatoire accompagné de tortures. Si ça n'avait tenu qu'à lui, il aurait commencé par lui brûler la main droite, celle qui avait écrit tous ces messages à Vasco ; et puis sa chair que Vasco avait touchée, léchée, mordillée, embrassée, il l'aurait arrosée d'huile bouillante, de cire et de plomb fondus ; et puis ce corps qu'elle lui avait offert, il l'aurait attaché à quatre chevaux ; et puis les quatre chevaux seraient partis au galop, dans des directions opposées ; et des quatre morceaux de Tina écartelée, Edgar aurait fait des cendres, et des cendres un assaisonnement pour le dîner de Vasco – ce fils de pute de Vasco.

Ça n'avait pas tenu qu'à lui.

Ça n'était plus dans l'air du temps, la torture.

Il y avait même des lois contre ça.

Et puis ça n'était pas le genre d'Edgar dont les coups étaient invisibles, beaucoup plus insidieux : il savait déjà beaucoup mais voulait savoir plus : il avait besoin de *visualiser.* Tout, disait-il, il voulait tout savoir, dans les moindres détails. Et moi je vous les passe, les détails. Je vous passe l'interrogatoire d'Edgar qui consistait jour après jour, heure après heure jusqu'à ce qu'il s'écroule de fatigue au milieu de la nuit, à l'agonir d'injures en la martelant de questions.

Et dès qu'il se réveillait les hostilités reprenaient.

Edgar lui disait j'ai rêvé de toi, mon amour : nous marchions tous les deux main dans la main, heureux, amoureux, tu me souriais, je te souriais, et soudain je te jetais sous un bus. Voilà ce que tu as fait de moi, Tina : un fou, un type qui rêve de jeter la femme qu'il aime sous un bus. Tina ne dormait plus, mangeait peu, ne sortait que pour se ravitailler en Xanax ou en Lexo, ou pour relever le courrier : elle avait sommé Vasco de ne pas lui écrire, et néanmoins elle avait peur qu'il le fasse, qu'il lui envoie une lettre, qu'Edgar ne tombe sur cette lettre et qu'alors sa fureur se décuple. Chaque jour, vers midi, après le passage du facteur, elle vérifiait elle-même qu'il n'y avait pas de nouvelles *pièces à conviction.* Sur la boîte aux lettres, il y avait toujours leurs deux noms accolés l'un à l'autre, Edgar & Tina, mais l'esperluette, pensait Tina, on pouvait désormais la remplacer par le *vs* des combats de boxe, car entre elle et lui ça n'était plus que ça, un combat de boxe psychologique : il donnait les coups ; elle encaissait. Edgar *vs* Tina.

Quand Edgar s'absentait, Tina restait chez eux, hébétée ; plus rien n'avait de prise sur elle. Elle essayait de lire, mais chaque page n'était qu'un monolithe indéchiffrable, un éboulis de phrases dépourvues de sens ; les lettres se dérobaient à ses yeux, rien n'accrochait, impossible de fixer sa pensée ; et quand Edgar rentrait, il la trouvait en larmes et lui disait pardonne-moi, chérie, pardonne-moi, il s'agenouillait au bord du lit et il pleurait avec elle, ils pleuraient ensemble, et il lui caressait le dos, la nuque, mais bientôt c'était reparti, avec dégoût il retirait sa main de son corps, tu me répugnes, disait Edgar qui ne voulait plus la toucher, quand je pense, disait-il, que ce fils de pute a étalé son foutre sur ta peau, je n'arrive pas à y croire, raconte-moi ce que vous faisiez, comment vous le faisiez, raconte-moi encore, j'ai *besoin* de comprendre. Il n'arrivait pas à comprendre comment ses lèvres qui tous les soirs l'embrassaient avaient pu se refermer, dans la même journée, quelques heures plus tôt, autour du sexe d'un autre, et disant cela il touchait les lèvres de Tina, il les caressait de l'index, et maintenant je t'en prie, mon amour, redis-moi comment vous baisiez, dis-moi où, et comment, vous baisiez debout ? allongés ? avec ou sans capote ? est-ce qu'il finissait dans la capote ? est-ce qu'il finissait dans ta bouche ? parce que t'as toujours aimé ça, hein, qu'on finisse dans ta bouche ? alors allons-y, faisons-le, fais avec moi ce que tu faisais avec lui, et mets-y autant d'ardeur, autant d'amour avec moi que tu en mettais avec lui, car tu as beau minimiser votre histoire, j'ai lu vos messages, Tina, *tous* vos messages, je les connais par cœur, vos messages, je les ai lus, tes messages de salope, d'amoureuse, une salope amoureuse, voilà ce que tu es, Tina, une salope qui l'aimait, car tu l'aimais, disait Edgar d'une voix qu'étranglaient les sanglots, et Tina, repentante et docile, apaisait sa fureur.

Vingt jours comme ça.

Vingt jours pendant lesquels Edgar réaffirmait sa puissance virile en avilissant la femme qu'il aimait. Vingt jours de cette interminable mélopée d'où il ressortait, je résume, qu'elle n'était qu'une petite pute qui avait le feu au cul et se faisait troncher par son amant dans des chambres d'hôtel, pendant que lui s'occupait des enfants – lesquels avaient fini par rentrer : regardant ses fils, Tina voyait ses remords.

Elle ne m'appelait plus, m'écrivait peu – j'étais aussi l'ami de Vasco, et s'éloignant de moi, c'était de lui qu'elle s'éloignait.

Et quand même je l'ai revue un après-midi, dans un café, après un mois d'idées noires et de nuits blanches, amaigrie, les joues pâles, le teint blême, les traits tirés, des cernes sous les yeux. À sec, les yeux. Elle s'est mise à pleurer mais sans larmes, comme si elle en avait épuisé les réserves ; elle sanglotait dans mes bras, elle sanglotait sur l'amour qu'elle avait pour Edgar, entaché par celui qu'elle avait eu pour Vasco – et qu'elle avait abjuré.

Elle répétait il me manque, putain, il me manque : il m'envahit l'esprit, s'immisce dans chacune de mes pensées, et l'écoutant je songeais qu'on n'aurait pas pu donner définition plus juste de la passion amoureuse, faite de songerie perpétuelle, de perpétuelle impuissance à détacher sa pensée de quelqu'un. Elle ne pouvait plus lui parler ni lui écrire, et si d'aventure elle devait le revoir, même une seconde, même par hasard, Edgar en mourrait. C'est ce qu'il avait dit à Tina, *texto* : si tu le revois, je me tue. Il vivrait désormais comme s'il n'y avait plus qu'elle entre lui et la mort ; elle partie, il n'y aurait plus que la mort. Il leur restait une chance, la chance, avait-il précisé, que je *consens* à te donner, et Tina était résolue à la saisir, déterminée à sauver leur famille, leur mariage – car elle l'aimait, elle aimait *vraiment* Edgar, au fond elle ne s'était jamais imaginée vivre sans lui, et il était toujours question de mariage, j'allais bientôt recevoir le carton. Elle comptait sur moi pour être là le jour J, et bien évidemment pour n'en rien dire à Vasco. Car si Vasco l'avait su, s'il avait appris ce qu'Edgar avait fait endurer à Tina, vous pouvez être sûr qu'il aurait pris sa matraque et qu'il serait allé le trouver en bas de chez lui, sa matraque à la main, et alors il lui aurait fait boire de la soupe. De la soupe pendant six mois.

Le juge est resté silencieux, comme s'il avait besoin de digérer ce que je venais de lui dire. On pouvait entendre les mouches voler. Depuis tout à l'heure en effet, deux mouches volaient, faisant de temps en temps une halte sur ma chaise, sur l'épaule du juge, sur le rebord du bureau et même sur le cahier de Vasco, et puis elles recommençaient leur ballet vrombissant, si bien que le juge, qui n'en pouvait plus de ce bourdonnement continu, avait fini par saisir le Code pénal pour l'abattre sur l'une des deux mouches – et moi j'avais vu là comme une métaphore de la Justice, ça n'était pas la première fois, j'avais pensé, que le fort écrasait le faible à coups de lois répressives, mais la lenteur de la Justice est proverbiale, souvent elle faillit à son obligation de célérité, et la mouche en avait réchappé ; elle trônait maintenant, imperturbable et souveraine, sur l'épaule du greffier. Et parce que l'heure tournait – l'heure tourne, a dit le juge – et qu'il fallait avancer – avançons, il a dit –, le juge a lu le poème qui venait juste après, un quatrain en alexandrins à rimes embrassées dont le titre était : *La blonde aux yeux bleus.*

Elle, par miracle, dans mon lit, les yeux clos,
Un bras sur ses seins nus – sa pudeur l'y oblige –,
Et moi, toute la nuit, tremblant, pris de vertige,
À contempler, éperdument, le corps d'Élo

die, j'ai dit. Élodie ! Une blonde aux yeux bleus, qu'a rencontrée Vasco dans un restau chinois de la rue des Abbesses.

Car si ça n'allait pas fort du côté de Tina, du côté de Vasco ça n'allait pas beaucoup mieux.

Il avait pourtant bien essayé de chasser les souvenirs qu'il avait de Tina par divers subterfuges, parmi lesquels son inscription sur une application de rencontres. Il avait créé un compte, posté trois photos de lui, défini plusieurs paramètres, et aussitôt il avait eu accès à des dizaines de profils dont bien peu trouvaient grâce à ses yeux – la seule fille qui fût à peu près à son goût (un quasi-sosie de Tina) avait agrémenté sa biographie d'une citation de Paulo Coelho. *Next.* Et puis toutes, à vrai dire, présentaient un défaut rédhibitoire : elles n'étaient pas Tina.

Et puis il y avait eu Élodie. Elle et Vasco faisaient la queue, debout l'un derrière l'autre devant l'étal du chinois, Élodie venait de commander du poulet au gingembre et du riz cantonais, et quand ce fut à son tour de passer commande, Vasco a fait remarquer qu'on n'avait pas idée de prendre du poulet au gingembre et du riz cantonais, mettez-moi plutôt le contraire, il a demandé, mettez-moi plutôt du riz cantonais et du poulet au gingembre ; Élodie a ri. Souri plutôt que ri, car elle n'a fait en réalité qu'esquisser un sourire, mais ce sourire a figé Vasco qui est resté là, incapable de prononcer un seul mot, statufié devant l'étal du chinois, avec le charisme d'un rouleau de printemps. Et puis elle est partie, la blonde aux yeux bleus, sans qu'il sache rien d'elle, sans même savoir qu'elle s'appelait Élodie, Vasco l'a laissée partir avec son sourire et son riz cantonais, ses yeux bleus et son poulet au gingembre. Pendant dix jours, il n'a plus pensé qu'à elle – du moins dans les interstices des moments où il ne pensait pas à Tina. Chaque jour, il retournait chez le chinois en espérant la recroiser fortuitement ; il n'en pouvait plus de bouffer du poulet au gingembre et du riz cantonais. Et un midi, miracle, elle était là. Vasco avait perdu trop d'illusions pour s'en remettre entièrement aux vertus du hasard : il y avait peu de chance qu'il fît à nouveau concorder leurs coordonnées d'espace et de temps, alors cette fois-ci il a osé lui parler, ils ont mangé leur chinois ensemble, dans la rue, sur un banc, puis elle est partie, je dois filer, elle a dit, mais juste avant de filer elle lui a laissé son numéro, appelle-moi, et quelques jours plus tard ils se sont revus salle Pleyel, où elle donnait un concert de violon. Comme Ingres en effet Élodie jouait du violon, et mieux qu'Ingres sans doute – elle en avait fait son métier. Elle peignait, aussi – la peinture était pour elle ce que pour Ingres était le violon. Elle portait des talons de huit à dix centimètres. Et comme elle dépassait, pieds nus, le mètre quatre-vingts, Vasco avait dû se hisser sur la pointe des pieds pour l'embrasser – car il avait fini par l'embrasser, rue Lepic à deux heures du matin.

Ils avaient passé deux nuits ensemble, peut-être trois, je ne sais plus, je ne pourrais pas en faire le décompte exhaustif, mais j'ai bien cru qu'entre eux c'était le début d'une histoire. Or non, pas d'histoire. Comme Vasco, Élo sortait tout juste d'une histoire, la fin de la sienne avait même fait la couverture de *Voici* : on l'y voyait au bras d'un chanteur de variété, et la photo était barrée d'une légende : « Entre eux, c'est terminé ! » Six mois avaient suffi pour qu'elle dilapide son capital d'amour ; et depuis, ses battements de cœur n'étaient plus que des spasmes ; elle n'avait plus rien à offrir, même à Vasco. Je ne ressens rien, plus rien, disait-elle : anesthésie locale du cœur. Un matin – le matin du dernier jour où ils se sont vus – elle a demandé à Vasco une feuille, un crayon à papier (comme elle venait de Nice, elle disait : crayon gris), et en s'excusant presque elle a dit voilà, c'est bien simple, la question est : suis-je en mesure, en ce moment, de tomber amoureuse ? Et en guise de réponse elle a dessiné un diagramme circulaire – comme ça.

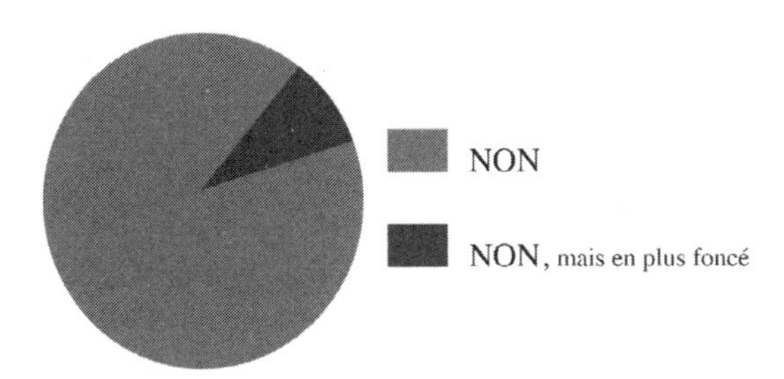

Et Vasco a enfin compris ce qui pourtant n'est pas bien difficile à comprendre – une vérité si évidente qu'on s'en veut presque d'avoir à l'énoncer : le moment où se fait la rencontre amoureuse compte autant sinon plus que la personne rencontrée. Le *kairos*, lui a expliqué Alessandro qui prisait les mots grecs. Le moment opportun. Et le moment n'était pas plus opportun avec la violoniste aux yeux bleus que ne l'avait été, six mois plus tôt, celui avec la comédienne aux yeux verts. Et maintenant la comédienne aux yeux verts allait épouser un homme qui sans doute n'était pas dépourvu de mérites, mais dont le plus grand des mérites était surtout d'avoir été là quand il le fallait, au bon endroit au bon moment, et souvent, j'ai dit, c'est à cela que tient l'amour, rien qu'à cela, c'est aussi con que ça.

Putain de *kairos*, a soupiré Vasco. Je vais quand même lui écrire. Je vais écrire à Tina.

15

Une lettre, encore une.

Sauf que cette fois, en dépit des précautions de Tina, c'est Edgar qui est tombé sur la lettre.

À laquelle il a répondu par un mail, encore un.

Et cette fois-ci pas question de le défoncer à coups de batte, mais de le tuer, tout simplement. C'est ce qu'il disait, Edgar, dans son mail, essaie encore une fois, une seule fois de contacter Tina et je te tue, tout simplement.

Ça n'est jamais simple au début, de recevoir des menaces.

Au début on s'inquiète, on ne sort plus de chez soi, ou si l'on en sort on se tient sur ses gardes, et peu à peu on s'y fait, ce ne sont là que des mots, voilà ce qu'on se dit – voilà du moins ce que m'a dit Vasco. La perspective d'un long séjour en prison, pensait-il, jugulerait les pulsions de meurtre d'Edgar : qu'il pût lui briser les jambes à coups de batte, ça, oui, il l'en croyait capable, mais l'imaginer décharger sur lui un revolver lui paraissait inconcevable. Je l'avais quand même engagé à porter plainte, ou tout au moins à déposer une main courante, au cas où, mais non, Vasco ne voulait pas – ce qu'il voulait, Vasco, c'était revoir Tina, or il avait bon espoir qu'elle fût le mercredi d'après chez Christie's, à deux pas des Champs-Élysées.

Chez Christie's où Vasco m'avait demandé de le rejoindre. Quand je suis arrivé la vente avait déjà commencé, la salle était pleine, plus un siège qui fût libre. Alors je suis resté debout dans un coin, au fond à droite à côté des photographes et des cameramen, loin de Vasco que j'ai reconnu à sa chemise en jean, de dos, au troisième rang. Et pour lui faire savoir que j'étais là, je lui ai écrit un SMS : Retourne-toi, ai-je écrit avant d'appuyer sur envoi, mais son portable devait être en mode avion, ou en silencieux, à moins peut-être qu'il ne l'ait pas senti vibrer dans sa poche, je n'en sais rien, en tout cas il ne s'est pas retourné – pas tout de suite.

À l'entrée, on m'avait remis un catalogue avec la description, le numéro d'ordre, l'estimation et la photo de chaque lot. Les enchères avaient débuté avec une chaise d'époque Louis XVI, livrée en 1789 – pas la meilleure année de son règne – au château de Montreuil, château que le roi lui-même avait offert à sa sœur Madame Élisabeth, loin d'imaginer qu'elle allait finir cinq ans plus tard en deux beaux morceaux de parts inégales, le tronc sur la bascule et la tête dans le panier du bourreau, ce qui arrive, ai-je pensé, quand on se fait livrer dans son château quatre chaises « en hêtre mouluré », ainsi que l'attestait le catalogue de la vente, pendant qu'au-delà du mur de clôture qui ceint le parc et les huit hectares de jardin le peuple cherche en vain de quoi se mettre sous la dent.

Le lot n° 6, une montre Patek Philippe de 1955, fut vendu pour soixante-quinze mille euros. Devant un écran où apparaissaient la photo de la Patek ainsi que son prix en diverses devises – en euros bien sûr, mais aussi en dollars et en pounds, en yuans et en yens, en roubles et même en francs suisses, en sorte qu'on pouvait aisément suivre le cours des enchères que l'on fût américain, britannique, chinois, japonais, russe ou que l'on planquât son pognon à Genève –, et derrière un pupitre en acajou sur lequel se détachait, en lettres dorées, le nom de la vénérable maison de vente aux enchères, officiait le commissaire-priseur, avec ses cheveux poivre et sel et surtout son marteau, un petit marteau en ivoire, à manche d'ébène – on aurait dit un de ces chamallows qu'on fait griller au bout d'un pic au-dessus d'un feu de camp une nuit d'été en colonie de vacances, en fredonnant de vieilles chansons.

Les lots suivants, une pendule d'époque Empire et un vase pot-pourri d'époque néoclassique, furent vite expédiés : le lot phare de la vente allait bientôt être mis aux enchères, les photographes avaient retiré le cache de leur appareil, les cameramen ajustaient leur cadrage, la salle était maintenant pleine à craquer, aux marchands d'art, aux brocanteurs, aux libraires de livres anciens, aux professionnels se mêlaient des dizaines de profanes, particuliers fortunés ou simples curieux venus jeter un coup d'œil, et tous, *quasiment* tous étaient là pour le lot n° 12 – il n'y avait que moi qui étais là pour Vasco, et Vasco qui était là pour Tina, mais de Tina, point.

Elle aurait pu y être pourtant, il était même étonnant qu'elle n'y fût pas, je veux dire eu égard à l'amour démesuré qu'elle avait pour Verlaine et Rimbaud, car enfin ça n'est pas tous les jours qu'on a la chance de voir le revolver avec lequel l'un a tiré sur l'autre. Voilà ce que c'était, le lot n° 12, un lot d'exception, a fait valoir le commissaire-priseur : un Lefaucheux à six coups de calibre 7 mm, fabriqué à Liège vers 1870 et portant le numéro de série 14096 – celui avec lequel, le 10 juillet 1873 à Bruxelles, Paul Verlaine a failli tuer Arthur Rimbaud.

Souvent je pense à ce jour. Souvent je les vois, ces deux-là, Rimbaud l'œil bleu pâle et les cheveux en bataille, Verlaine la main sur le verre et le regard dans le vide, comme dans le tableau de Fantin-Latour, sauf que là ils ne sont pas au dîner des Vilains Bonshommes, ils n'ont pas pour compagnons ces poètes dont les noms nous échappent, qui de vers en vers œuvrèrent à leur renommée sans imaginer un seul instant qu'ils la devraient d'avoir posé un après-midi au coin d'une table en compagnie de Verlaine et Rimbaud, ils sont donc à Bruxelles, à la Maison des Brasseurs, sur la Grand-Place, pas très loin des Galeries Saint-Hubert, pas très loin de l'armurerie Montigny où plus tôt ce matin Verlaine a acquis le revolver avec quoi, si sa femme ne le rejoint pas sous trois jours, il a promis de se brûler la cervelle – c'est ce qu'en vidant son verre il répète à Rimbaud, et Rimbaud en vidant le sien ne dit rien, il se tait, il n'en peut plus, Rimbaud, il veut rentrer à Paris, mais pour le moment il le garde pour lui, cela pourrait déplaire à Verlaine, alors il le regarde en silence ; il finit par se lever puis le tire par la manche, lui donne le bras, viens, on y va, direction À la Ville de Courtrai, rue des Brasseurs où Verlaine a pris une chambre. Les y voilà. Et *voilà pour toi, puisque tu pars.* Verlaine tire deux balles : la première vient se loger dans le plancher, la seconde dans le poignet de Rimbaud. Verlaine un peu plus tard est arrêté sur le quai d'une gare, le revolver à la main.

Et maintenant il était là, ce revolver.

Chez Christie's, sur un présentoir à deux pas du pupitre, sur la droite du commissaire-priseur qui l'a mis à prix au-delà de l'estimation la plus haute : on commence à quatre-vingt mille euros, a dit le commissaire-priseur pendant qu'un homme s'avançait entre deux rangées de chaises au milieu de la salle – le moment qu'a choisi Vasco pour consulter son portable.

L'homme était coiffé d'un feutre vert et vêtu d'un caban bleu marine. J'ai su plus tard qu'il était le directeur de l'hôtel Arthur Rimbaud – que Vasco et Tina connaissaient. Et d'emblée il a fait s'envoler les enchères, d'emblée, d'une voix tonitruante, pendant que Vasco qui venait enfin de lire mon message – « retourne-toi » – se retournait, l'homme au caban bleu marine a dit cent vingt mille.

Cent vingt mille euros pour le monsieur au feutre vert, a répété le commissaire-priseur, est-ce qu'il y a quelqu'un à cent vingt-cinq mille ?

Et peut-être bien qu'on en serait resté là, peut-être bien que le directeur de l'hôtel l'aurait remporté pour cent vingt mille euros, le lot nº 12, si au même instant Vasco ne m'avait pas fait un petit signe de la main pour me signifier qu'il m'avait vu, et surtout si le commissaire-priseur apercevant le bras levé de Vasco n'avait pas cru, à tort, qu'il manifestait sa volonté d'enchérir. Cent vingt-cinq mille euros au troisième rang, a repris le commissaire-priseur pendant que tous les regards convergeaient vers Vasco qui aurait pu s'expliquer sur-le-champ, expliquer qu'il y avait eu méprise, qu'il avait seulement salué un ami au fond de la salle, qu'il n'avait jamais voulu enchérir, jamais eu l'intention d'acquérir un revolver, enfin si, mais pas celui-là, pas le revolver de Verlaine, et surtout pas pour cette somme astronomique qu'il ne serait de toute façon jamais en mesure d'acquitter – ses poches étaient vides et son compte, un mois sur deux, à découvert. Mais non, rien. Il n'a rien dit, Vasco. Il a seulement baissé le bras, et il a attendu que ça passe.

À ce moment-là il n'était que *virtuellement* propriétaire du revolver, mais dans l'hypothèse où personne n'enchérirait il en deviendrait *officiellement* l'acquéreur. Dieu merci le directeur de l'hôtel n'avait pas dit son dernier mot, et très vite il a enchéri de cinq mille euros, détournant les regards de Vasco et lui évitant d'innombrables emmerdes. Mais il faut croire que Vasco ce jour-là les cherchait, les emmerdes. Il faut croire qu'il emmerdait les emmerdes.

Le juge a saisi la maquette sur son bureau (il avait sur son bureau la maquette d'un superbe trois-mâts, un cadeau, m'avait dit le juge, rapporté de Brest où il avait officié – je m'étais un peu renseigné sur son compte, il avait prononcé une ordonnance de non-lieu en faveur d'un brave type soupçonné d'avoir jeté un sale type à la mer, certains prétendaient qu'il devait sa mutation à sa justice humaniste, mais d'autres avançaient qu'on avait surtout voulu sanctionner son laxisme), il la tenait à deux mains, la maquette, l'une en dessous de la poupe, l'autre en dessous de la proue, et il m'a dit allez-y, continuez. Et moi j'ai pensé tant qu'à faire, puisqu'il a l'air d'aimer ça, les bateaux, autant filer la métaphore : vous savez, ai-je dit, chacun traverse la vie sur un frêle esquif ballotté de mer en mer, et chacun fait comme il peut pour le maintenir à flot. Il arrive qu'il prenne l'eau, et alors on écope. Il arrive aussi qu'on le regarde sombrer, sans trop savoir pourquoi, et au lieu d'écoper que fait-on ? On se saborde. On éventre la coque. On va couler, on le sait, on s'en fout : on se demande si l'eau est bonne.

C'est ça aussi, la vie.

On craque.

On pète les plombs.

On tire dans le bras d'un ami dans une chambre d'hôtel à Bruxelles.

On lève le bras lors d'une vente aux enchères à Paris.

On dit cent quarante.

C'est ce qui s'est passé ce jour-là. Vasco a de nouveau levé le bras, et d'une voix très calme, pondérée, comme si sa phrase était mûrement réfléchie, comme s'il en avait pesé chaque lettre au trébuchet du destin, il a dit : cent quarante.

Nous avons un duel, s'est réjoui le commissaire-priseur : cent quarante mille euros au troisième rang.

Cent soixante, a répondu du tac au tac le directeur de l'hôtel, qui enchérissait maintenant de vingt mille en vingt mille.

Cent quatre-vingt, a dit Vasco.

Mais le directeur de l'hôtel ne s'est pas démonté, qui a proposé deux cent mille euros. À ce moment-là j'ai pensé que Vasco s'était bien amusé, que maintenant, fini les conneries, mais non, c'était mal le connaître. Quand le commissaire-priseur a demandé s'il y avait quelqu'un à deux cent cinquante mille, Vasco n'a rien dit. Il n'a pas même levé le bras. Il a seulement fait de la tête un petit signe d'approbation et ce fut reparti, le commissaire-priseur allant de l'un à l'autre, du directeur de l'hôtel à Vasco en agitant ses bras, comme un chef d'orchestre, sauf qu'à la place de la baguette il avait un marteau.

Trois cent cinquante, s'est risqué le directeur de

l'hôtel après un instant d'hésitation, et de cette hésitation on pouvait déduire qu'il avait tiré sa dernière cartouche, que si Vasco enchérissait il n'irait pas au-delà.

Et Vasco a enchéri.

Trois cent soixante mille euros, a répété le commissaire-priseur en regardant le directeur de l'hôtel, on enchérit, on n'enchérit pas ?

On n'enchérit pas, a lâché, dépité, le directeur de l'hôtel.

J'adjuge ?

Et comme personne n'y semblait opposé, le commissaire-priseur a frappé son marteau contre le pupitre et voilà.

Voilà que tout s'éclaire, a dit le juge, et il m'a montré ce haïku :

> Main levée Christie's
> Le revolver de Verlaine
> Adjugé vendu

C'est ça, j'ai dit, adjugé vendu trois cent soixante mille euros, prix marteau, vu qu'il fallait encore ajouter divers frais pour un total de quatre cent trente-quatre mille cinq cents euros.

La vente n'était pas terminée, d'autres lots étaient encore à venir, mais la salle s'est vidée peu à peu, et j'ai vu le directeur de l'hôtel se diriger vers Vasco. Il va lui casser la gueule, j'ai pensé, tu vas voir, petit père, il va lui casser la gueule et tu vas le récupérer en morceaux. Or non, pas du tout, c'était un *gentleman*, il lui a serré la main et puis il l'a félicité. *Fair-play*, le type. Mais ne perdant pas le nord pour autant : si un jour vous souhaitez vous en séparer, s'est hasardé le directeur en lui tendant sa carte, vous savez où me joindre.

T'es malade, mec, t'es complètement malade, ai-je dit à Vasco, et peut-être bien que ça ne s'entend pas à l'oral, mais je vous assure que ma phrase était ponctuée de points d'exclamation, il y en avait au moins deux ou trois et même peut-être un peu plus, et d'ailleurs n'hésitez pas à les mettre à l'écrit, j'ai ajouté en me tournant vers le greffier, n'hésitez pas à écrire t'es complètement malade !!! tu vas les trouver où, ducon, les quatre cent trente-quatre mille balles ?

Quatre cent trente-quatre mille cinq cents, a rectifié Vasco. Puis : t'inquiète pas pour ça, j'ai mon idée. Et maintenant, au moins, j'ai *vraiment* de quoi me défendre.

16

Un jour Tina mes vers qui seront ta couronne
Et qui me survivront d'être par toi portés
On les comprendra mieux dans leur diversité
Par ce reflet de toi que tes cheveux leur donnent
Un jour Tina mes vers en raison de tes yeux
De tes yeux pénétrants et doux qui surent voir
Demain comme personne aux derniers feux du soir
Un jour Tina mes vers on les comprendra mieux

Pas mal, ça, a dit le juge.

Et comment ne pas être d'accord avec lui ? Ce poème était de loin le plus beau du cahier de Vasco. Son orgueil dût-il en souffrir, Vasco lui-même eût acquiescé : car ces vers-là n'étaient pas de lui, mais d'Aragon. Or rien, ni Du Bellay ni Ronsard ni Labé ni Rimbaud ni Verlaine ni Mallarmé ni Musset ni Sappho ni Chénier ni Chedid ni Éluard ni Desnos ni Baudelaire ni Apollinaire – pas même Apollinaire ! –, rien ne vaut Aragon quand il s'agit de mettre l'amour dans des vers, et l'amour d'Aragon n'avait eu qu'un seul nom : Elsa.

Très beau, très très beau, s'est enthousiasmé le juge après avoir relu le poème à voix haute, et je devinais ce qu'il songeait, le juge : ça n'était pas possible, c'était même inconcevable, on ne pouvait pas avoir planifié un assassinat quand on avait composé de tels vers. Alors je n'ai rien dit. Pour le bien de Vasco j'ai renoncé à préciser qu'il n'avait fait là que reprendre ceux d'Aragon, en substituant le prénom d'Elsa par celui de Tina.

Deux mois avaient passé depuis que Vasco avait fait l'acquisition du revolver, et sa vie était devenue un de ces problèmes mathématiques absurdes et qui semblent insolubles : soit des journées de vingt-quatre heures, soit des nuits de sept heures pendant lesquelles Tina dormait ; quelle était, alors, la probabilité que Vasco la croise pendant qu'elle sortait de chez elle, sachant qu'elle en sortait trois fois par jour, la première pour amener ses fils à la crèche, la deuxième en milieu de matinée ou en début d'après-midi pour prendre un café, un café ou un verre de vin blanc, ça dépendait des jours, des jours et de son humeur, à l'intérieur ou en terrasse, ça dépendait du temps qu'il faisait, s'il y avait du soleil c'était en terrasse, à l'intérieur s'il pleuvait, la troisième enfin pour aller rechercher ses fils à la crèche, quelle était donc la probabilité que Vasco l'aperçoive à la dérobée, ne serait-ce qu'une poignée de secondes, lui qui chaque jour ne passait devant chez elle qu'une seule fois ?

Je n'en sais rien, mais j'imagine que la réponse est : infime. Vingt-quatre heures dans une journée, cela fait mille quatre cent quarante minutes auxquelles il fallait substituer les sept heures de sommeil, ce qui faisait encore dix-sept heures potentielles où Tina pouvait sortir de chez elle, soit mille vingt minutes exactement. Alors bien sûr, il y avait des minutes où les chances de la trouver au seuil de sa porte, ou quelques mètres plus loin, ou au coin du boulevard, étaient infiniment supérieures à d'autres, le matin par exemple entre huit et neuf heures quand elle amenait ses fils à la crèche, ou quand elle les en ramenait en fin d'après-midi, mais Vasco à ces heures-là s'interdisait de passer devant chez Tina, il disait je refuse cette *facilité*, il voulait s'en remettre aux hasards, à la Providence, et s'il devait apercevoir Tina il voulait qu'elle soit seule, alors il n'y passait qu'en début d'après-midi, après le déjeuner – et pas une fois il ne l'avait aperçue.

Souvent, aussi, il passait un peu avant minuit.

Edgar et Tina habitaient un appartement au troisième étage d'un bel immeuble : le salon donnait sur le boulevard de Courcelles, et à moins que ses occupants ne fussent à la fenêtre, impossible de les entrevoir en contre-plongée, même depuis le trottoir d'en face. Mais si Vasco passait sous sa fenêtre la nuit, c'est que la nuit il y avait de la lumière, et la lumière *attestait* la présence de Tina. Elle était là, hors-champ, en train de lire ou d'écouter de la musique ou d'apprendre son texte. Alors il restait quelques minutes en bas de chez elle, contemplatif et rêveur, silencieux ; et il finissait par rentrer chez lui.

Edgar avait décidé de mettre l'appartement en vente. Tina s'y sentait bien, dans cet appartement, mais elle n'avait pas son mot à dire, après tout ce que tu as fait, avait dit Edgar, tu n'as plus ton mot à dire, alors Tina, repentante, y avait consenti. Elle avait vu là l'occasion de *prendre un nouveau départ*, et lui de *faire une plus-value d'enculé* : les prix s'envolaient, et cette « immanquable pépite en face du parc Monceau » – le titre de l'annonce –, achetée trois ans plus tôt pour six cent trente mille euros, était maintenant proposée à huit cent mille euros. L'annonce était en vitrine d'une agence immobilière, et l'agence à deux pas de l'appartement que Vasco grâce à Verlaine avait aussitôt reconnu : on y voyait la nature et l'emplacement du bien, son prix, son diagnostic de performance énergétique, une photo du salon avec l'immense bibliothèque et, au milieu de la bibliothèque, l'agrandissement du portrait de Verlaine – celui que j'avais offert à Tina.

Vasco avait poussé la porte de l'agence, bonjour, je viens pour un renseignement, dites-moi, l'appart, là,

« l'immanquable pépite », il est toujours en vente ? Toujours, avait répondu l'agent immobilier, un petit homme qui portait sous sa veste un pull kaki à col roulé, et d'ailleurs, les propriétaires étant partis en week-end, demain matin nous organisons des visites. Vous souhaiteriez le voir ?

Le lendemain était un samedi. Vasco et moi avions pris l'habitude de nous retrouver chez Marcel, un café réputé pour servir les meilleurs pancakes de Paris. Vasco me racontait sa semaine, c'est-à-dire qu'il me parlait de Tina, exclusivement de Tina, il me disait combien il pensait à Tina, comment il rêvait de Tina, il rêvait que Tina l'appelait au beau milieu de la nuit pour qu'il la rejoigne dans une chambre d'hôtel, il se branlait à longueur de journée, et ne se branlait plus qu'en pensant à Tina, il échafaudait divers scénarios dans sa tête, de pures fantaisies sans conséquences, il imaginait par exemple Tina chez elle avec un quatuor de déménageurs qui la prenaient tour à tour devant Edgar, ligoté au radiateur, une chaussette enfoncée dans la bouche, contraint de tout regarder les yeux grands ouverts.

Un samedi donc il est arrivé chez Marcel avec un air fiérot en disant devine, devine où j'étais tout à l'heure ? Et il m'a raconté comment un peu plus tôt il s'était retrouvé sous la pluie au 66, boulevard de Courcelles, en bas de l'immeuble avec l'agent immobilier qui portait le même pull à col roulé que la veille. L'agent avait tapé le code d'entrée, et Vasco le cœur battant l'avait suivi dans le couloir, puis dans les escaliers, jusqu'au troisième étage où se trouvait, porte de gauche, l'appartement d'Edgar et Tina. Et puis l'agent immobilier avait sorti de sa poche un trousseau de clés, il en avait essayé une, à tige courte et crénelée, mais non, ça n'était pas celle-là, puis une autre, à tige plate et crantée, mais non, toujours pas, une troisième, et Vasco s'était demandé s'il allait finir par y arriver; la porte finalement s'était ouverte : après vous, avait fait le petit homme à col roulé.

La première chose qu'il avait vue, dans l'appart, c'était le petit meuble de l'entrée, en face de la porte, tu sais, m'a dit Vasco, ce petit meuble qu'on a tous, et sur ce petit meuble on met une petite boîte à biscuits, et dans cette boîte à biscuits des petits trucs, des babioles, un élastique à cheveux, une épingle à nourrice, des clés, un briquet. Eh bien dans cette petite boîte à biscuits sur le petit meuble de l'entrée, a continué Vasco, cette petite boîte qui d'ailleurs n'était pas si petite, qui même était plutôt grande, qui faisait, disons, la taille d'une boîte à chaussures, tu ne devineras jamais ce que j'ai vu.

Dis-moi, j'ai dit.

Non, rien.

Il s'était ravisé.

Allez, dis-moi, j'ai insisté.

Mais non, il ne m'a rien dit, sinon qu'il est resté penché plusieurs secondes au-dessus de la petite boîte à biscuits, au point que l'agent immobilier a fini par l'inviter d'un geste énergique à passer au salon. Évidemment, avait suggéré l'agent immobilier, en désignant tous les livres de la main, il faut imaginer le salon *sans* la bibliothèque. Là, par exemple, vous libérez tout ce mur, et ça vous fait un joli coin télé. Vasco n'avait pas relevé.

Le salon ouvrait sur une cuisine américaine, avec tous les agréments du confort moderne, avait précisé l'agent immobilier. Au frigo, des *magnets* aimantaient les dessins d'Arthur et Paul, des formes bizarres, totalement affranchies de la fidélité au monde réel, tracées avec des feutres de diverses couleurs – une grande claque dans la gueule de l'art figuratif. La chambre des jumeaux était sur la droite, adjacente à l'autre chambre, parentale, pas très grande mais ensoleillée, orientée sud et pourvue, avait fait savoir l'agent immobilier, d'un dressing de trois mètres carrés.

Loi Carrez ? avait fait mine de s'intéresser Vasco.

Le dressing était séparé d'un mur en Placoplatre, perforé d'un coup de poing. Aucuns travaux à prévoir, avait fait observer l'agent immobilier, tout est nickel, hormis ce mur qu'il faudra colmater, et peut-être aussi la salle de bains qui mérite un léger rafraîchissement. Disant cela il en avait fait coulisser la porte, une porte en bois à l'écorce irrégulière qui donnait sur une salle de taille modeste, carrelée de blanc.

Vous noterez, avait dit l'agent immobilier, la présence d'une baignoire – un vrai luxe à Paris. Vasco la connaissait déjà, cette baignoire. Insensible à l'argument écologique selon lequel un bain représente l'équivalent de cinq à sept douches, plus souvent qu'elle ne se douchait Tina se baignait : la douche, disait-elle, lave le corps, mais le bain lave l'esprit. Le soir, après avoir lu une histoire aux jumeaux, elle faisait couler de l'eau brûlante, y ajoutait de la mousse, éteignait la lumière, allumait une bougie qu'elle posait sur le rebord de la baignoire, et passait une demi-heure, les yeux fermés, à écouter du jazz en ne pensant à rien, sinon à la volupté qu'elle éprouvait, au bonheur presque enfantin, primitif, d'être dans l'eau, à la sensation de l'eau contre son corps ; et ce bref moment d'ataraxie quotidienne rachetait au centuple l'absurdité de la vie. Le plaisir était parfois si vif, si intense qu'il en devenait érotique. Alors Tina plaçait le pommeau de douche entre ses cuisses, augmentait la température, et modulait la pression du jet selon son humeur, sa fantaisie ; ou bien elle se servait du canard.

Elle avait un canard vibrant, étanche et jaune, avec un bec orange et des yeux bleus, acheté dans un sex-shop à Pigalle. Un soir qu'elle était dans son bain, Tina avait envoyé à Vasco une photo d'elle couverte de mousse, le canard posé sur son sein. Il en avait fait faire un tirage, qu'il gardait toujours sur lui, dans son portefeuille. Le canard gisait maintenant sur le côté, au fond de la baignoire, parmi des jouets d'enfant.

Au mur était fixée une patère, à la patère pendait un peignoir bleu marine, le peignoir se reflétait dans un miroir carré, le miroir surplombait un lavabo à double vasque, le lavabo s'intégrait dans un meuble en teck et le meuble était entrouvert : s'y côtoyaient un coupe-ongles, une bombe de mousse à raser, une boîte d'anxiolytiques, un gel anesthésiant promettant de *réduire la sensibilité de la verge*, divers produits de beauté parmi lesquels Vasco avait pu reconnaître un baume, un rouge à lèvres, un blush, un fard à paupières, un fond de teint, une myriade de sérums, de lotions et de crèmes aux fonctions analogues : atténuer puis différer l'inéluctable flétrissement de la peau.

Et puis le graal, a dit Vasco. Et souriant d'un sourire coupable mais fier il a posé le flacon de parfum sur la table, le flacon de parfum de Tina, juste à côté de l'assiette où du pancake ne restaient que des miettes, noyées dans une mare de sirop.

Et tout cela, les fréquents passages en bas de chez Tina, la visite de l'appart et le vol du parfum, tout cela non plus je ne l'ai pas dit au juge : Vasco n'avait pas besoin de moi pour lester l'acte d'accusation de chefs d'inculpation supplémentaires, je n'étais pas là pour l'enfoncer, alors j'ai seulement dit qu'un peu moins de deux mois avaient passé, et que la vie sans Tina paraissait à Vasco inodore, incolore, sans saveur – comme les propriétés de l'eau plate, a dit le juge, exactement, j'ai dit, comme les propriétés de l'eau plate.

Et puis Vasco s'est tiré. Il a fait sa valise, il est parti pour Venise.

Ah, Venise, a soupiré le juge, et dans ce *Ah* j'aurais juré que venaient s'engouffrer des regrets, et qu'à ses regrets venaient s'arrimer des remords, peut-être ceux d'un amour de jeunesse qu'il croyait avoir oubliés, et qui émergeaient tout à coup, comme surgis des eaux du Grand Canal qu'une nuit vingt ans plus tôt il avait écouté clapoter, en sirotant un Spritz; mais tout aussi bien ce *Ah* pouvait vouloir dire qu'il n'avait jamais mis les pieds à Venise, qu'il en rêvait depuis longtemps, et qu'il se demandait soudain ce qu'il foutait là, à cinq heures du soir dans un bureau à commenter des poèmes, quand c'est la vie elle-même qui pouvait être un poème, quand il pouvait être en train de regarder les mouettes tournoyer dans le ciel au-dessus de Saint-Marc, ou sous le pont du Rialto glisser les gondoles, ou le soleil auréoler la Salute.

Venise, j'ai répété. Un amplificateur de sentiments : arrivez heureux à Venise, vous en repartirez dix fois plus heureux ; arrivez-y malheureux, et votre malheur s'en trouvera centuplé.

Proust a écrit que l'amour, c'est l'espace et le temps rendus sensibles au cœur. Et le temps passé loin de Tina semblait interminable à Vasco. Savoir qu'on n'a plus rien à espérer, a aussi écrit Proust, n'empêche pas de continuer à attendre. Et Vasco dans sa chambre d'hôte à Venise attendait. Il y a quelque chose de réconfortant à se conformer aux clichés les plus éculés du chagrin d'amour, comme vider d'innombrables bouteilles en écoutant *La canzone dell'amore perduto*, peut-être bien la chanson la plus triste du monde, puis vider le flacon de parfum de Tina, jour après jour embaumant un peu plus les lieux que sous les injonctions de sa logeuse on finit par vider à leur tour ; un matin, Vasco est rentré à Paris, plus sombre encore qu'à son départ, plus épris de Tina que jamais, plus que jamais déterminé à la revoir ; il s'est posté à l'entrée du parc Monceau ; elle finirait bien par passer.

Trois jours durant des centaines, des milliers de gens d'âge et de sexe divers, des hommes et des femmes, des jeunes et des vieux ont défilé devant lui ; il avait même reconnu quelques célébrités, Claude Lelouch et Valérie Perrin, Fabrice Luchini coiffé d'un béret, qui déclamait du La Fontaine en marchant d'un pas énergique ; mais pas Tina. Alors Vasco s'est résolu à l'attendre non plus devant l'entrée du parc Monceau mais en bas de chez elle, sur le trottoir d'en face, adossé à la grille, et tant pis s'il tombait sur Edgar, tant pis si plutôt que Tina c'était lui, Edgar, qu'il risquait de croiser, mais en réalité pas de risques, car Edgar et Tina, ai-je continué. Mais le juge ne m'a pas laissé terminer. Il savait.

Le soir tombait, je suis passé devant chez toi.
De nouveau j'ai jeté un œil à la fenêtre,
De nouveau j'ai pensé que je verrais peut-être
L'émeraude en tes yeux, le saphir à ton doigt.

Me voyant j'ai songé tu te dirais, Ma foi,
Ce qui devait être sera, voici mon maître
Et mon vainqueur qui m'attend là, moins de dix mètres
En contrebas. Tu dirais Monte, embrasse-moi.

À la fenêtre est apparu un jeune couple
– Sourires complices, yeux doux et langues souples –,
Que j'ai vu se pencher par-dessus le rebord

– J'ai pensé : qui sont-ils ? mais j'allais le comprendre –
Pour ôter le panneau sur quoi j'ai lu alors,
En lettres blanches sur fond bleu, les mots : À VENDRE.

17

Vendue, « l'immanquable pépite en face du parc Monceau ».

Edgar et Tina étaient passés du XVIIe au IXe arrondissement, au cœur du triangle formé par les stations de métro Liège, Saint-Georges et Pigalle, essentiellement peuplé dans les années quatre-vingt-dix de sex-shops et de bars à hôtesses, et aujourd'hui si bien gentrifié qu'un habitant du quartier l'avait pour plaisanter renommé « SoPi » – acronyme de South Pigalle que les agents immobiliers s'étaient empressés de reprendre à leur compte : c'était cool et branché, en un mot : new-yorkais, ça pourrait attirer des investisseurs étrangers, ça ferait bondir le prix du mètre carré, on s'en foutrait plein les poches.

Tina m'avait fait promettre de ne pas dévoiler sa nouvelle adresse à Vasco, et malgré les supplications de Vasco je tins ma promesse. Il m'en voulut, se fâcha, pendant plus de dix jours me fit la gueule, et c'est peut-être moi plutôt qu'elle, le dédicataire secret de *L'arche de la colombe*.

Maudite
soit l'arrière-grand-mère
de l'épouse du père
de celui qui fit l'encoche dans l'écorce du tronc
de l'hévéa géant d'où commença l'extraction
du latex qui devait donner le caoutchouc
à partir duquel furent produites les roues
de la bétonnière grâce à quoi l'on put
faire le ciment du trottoir de la rue
dans laquelle ton père
a rencontré ta mère

Pourquoi ce titre ? Je n'en sais rien. Ce que je sais, c'est que Tina avait déménagé, et que Vasco allait devoir peut-être déménager lui aussi. À cause de son petit numéro chez Christie's, il risquait de perdre son job.

L'article L 321-14 du Code de commerce, alinéa 2, j'ai dit, vous connaissez ?

Attendez, a dit le greffier. Et l'ayant trouvé sur Légifrance, il a lu à voix haute : « Le bien adjugé ne peut être délivré à l'acheteur que lorsque la société en a perçu le prix ou lorsque toute garantie lui a été donnée sur le paiement du prix par l'acquéreur. »

Voilà, j'ai dit. Alors évidemment la société – Christie's en l'occurrence – n'avait pas perçu le prix du revolver. Mais elle avait considéré comme *suffisantes* les garanties apportées par Vasco : ça n'était pas pour son propre compte, mais pour celui de la BnF, avait-on pensé chez Christie's, qu'il avait acquis le lot n° 12.

Il faut dire que les maisons de ventes aux enchères ont l'habitude de voir passer les conservateurs de la BnF, qui peuvent exercer sur les biens culturels un droit de préemption par l'effet duquel elle se trouve subrogée à l'acheteur. Et alors je lui ai expliqué, au juge, qu'elle disposait pour cela d'un budget annuel de plusieurs centaines de milliers d'euros, et il n'était pas rare qu'un conservateur se fît connaître après le coup de marteau pour informer l'acheteur que, désolé, l'objet sur lequel il croyait avoir mis la main allait rejoindre les collections de la Bibliothèque nationale.

Mais il faut dire aussi que les conservateurs ne lèvent le bras qu'*après* le coup de marteau, jamais *avant.* Jamais, j'ai répété : ça reviendrait à faire monter les enchères. Voilà pourquoi Christie's aurait dû se méfier ; et quand Vasco est arrivé au service magasinage, quand il s'est présenté avec sa carte de conservateur et sa pièce d'identité pour retirer le revolver, on n'aurait jamais dû le lui remettre.

Et pourtant on le lui a remis.

Enrobé dans du papier bulle, avec un bordereau d'adjudication.

Pour un peu, on lui aurait fourni les balles, avec les compliments de la maison.

Les balles, c'est sur un site de ventes en ligne que Vasco les a trouvées : un lot de dix cartouches à broche de calibre 7 mm, acquis pour six euros. Dix balles pour six balles, il disait : en voilà une affaire.

Et voilà qu'un soir de décembre on se retrouve, lui et moi, au bois de Boulogne, à vingt pas d'une canette de Coca-Cola suspendue à un mètre du sol, et reliée par un bout de ficelle à la branche d'un noisetier : Vasco voulait voir ce que la vieille pétoire avait dans le ventre – et cela je ne l'ai pas dit au juge, il n'avait pas besoin de tout savoir, le juge.

Pas besoin de savoir que j'avais mis Vasco en joue pour plaisanter, ni que j'avais appuyé sur la détente. Pas non plus besoin de savoir qu'ayant chargé le revolver il m'avait invité à tirer en premier, ni que j'avais décliné, feignant de lui donner la préséance, alors qu'en vérité je craignais qu'il ne m'explose dans la main : enfin, m'étais-je récrié, c'est ton idée, ton revolver, à toi l'honneur ! Alors il avait tiré six coups, à vingt, puis à dix, puis à cinq pas de sa cible, sans jamais l'atteindre : il s'y prenait comme un manche, visait toujours un demi-mètre trop haut; la canette de Coca demeurait immobile. Et puis il avait retiré les douilles, rechargé le barillet, tiens, essaie, il m'avait dit. Non merci, sans façon. Bon, comme tu voudras, et il avait dézingué la canette, à bout portant.

Et bien sûr, j'ai repris, à la BnF on a fini par recevoir la facture du revolver. La gueule qu'on a dû tirer. Quatre cent trente-quatre mille balles. Qu'évidemment on a refusé de payer. C'est à ce moment-là que Vasco qui venait de l'apprendre m'a appris le terme : *folle enchère.* Une enchère portée par une personne qui ne peut pas l'honorer. Le bien est alors remis à la vente, et l'adjudicataire défaillant tenu de payer la différence entre son enchère et le nouveau prix d'adjudication. Et c'est, précisément, ce qui aurait dû se passer. Christie's aurait dû se faire restituer le revolver, le remettre en vente et réclamer la différence de prix à Vasco. Sauf que, j'ai dit. Sauf que l'affaire n'aurait pas manqué de faire la une des journaux, que Christie's ne voulait pas d'un scandale et que Vasco, ma foi, n'était pas mécontent d'être le possesseur du revolver de Verlaine – et puis pour se défendre, un flingue, même d'occasion, c'était toujours mieux qu'une matraque télescopique, même neuve.

Alors voilà ce qu'il s'est passé : Christie's s'est acquitté du prix auprès du vendeur, après avoir accordé à Vasco douze mois pour rembourser sa dette, délai au terme duquel on se réservait le droit d'engager des poursuites. Et ça n'était pas tout : chaque mois était assorti d'une pénalité de retard de deux mille euros, due de plein droit le jour qui suivrait l'expiration du délai. Tout ce que vous voudrez, a concédé Vasco qui avait d'autres choses à l'esprit : il risquait de perdre son job.

Il pouvait bien prétendre qu'il avait seulement *tiré parti d'une négligence des branques de chez Christie's* – sa ligne de défense, désinvolte pour ne pas dire inconséquente –, c'est sciemment, et non par mégarde, qu'il l'avait fait. Et puis en présentant sa carte de conservateur au moment de retirer son lot, il avait laissé croire qu'il agissait pour le compte de la BnF, pas pour le sien, en conséquence de quoi il avait *porté atteinte à la dignité du corps auquel il appartenait* – ce qu'a retenu le conseil de discipline, qui l'a suspendu pour une durée de six mois. M'en fous, m'a dit Vasco, et c'était vrai, qu'il s'en foutait : il ne s'en tirait pas si mal après tout – pas si mal en effet de disposer d'une demi-année sabbatique pour épuiser les infinis raffinements du chagrin d'amour.

Et qui dit chagrin d'amour dit aussi dérivatifs au chagrin. Dit petites stratégies pour tenter de surmonter son malheur. Vasco en avait plusieurs, dont l'une consistait à composer le numéro de Tina, mais Tina ayant bloqué le numéro de Vasco (l'amour aux temps du smartphone : une suite ininterrompue de déblocages et de blocages), il tombait directement sur sa boîte vocale, directement sur la voix de synthèse de la messagerie, féminine mais neutre – *Bonjour, vous êtes sur la messagerie de* – suivie de la voix de Tina qui disait simplement : *Tina.* Et rien que pour ça, rien que pour entendre ne serait-ce qu'une demi-seconde le son de sa voix, ces trois petites lettres, ce *i*, ce *n* et ce *a* qui explosaient en majesté derrière ce *T* majuscule, six, sept, huit fois par jour il composait ce numéro pour lui seul obsolète et lui laissait des messages dans le vide, de longs messages énamourés, jetés comme on jette une bouteille à la mer – encore qu'avec un peu de chance la bouteille au gré des courants atteint l'autre rive, or en l'occurrence il n'y avait pas de courants, il n'y avait pas d'autre rive, il n'y avait qu'une mer étale et sans fin, aucune chance que les messages de Vasco parviennent à Tina. Alors tout cela pouvait sembler vain, ou dérisoire, mais rien, m'a dit Vasco, rien, m'entends-tu, n'est jamais vain ni dérisoire, et même Sisyphe en roulant sa pierre gardait la forme.

Lui ne l'avait pas, la forme. Il n'ouvrait plus ses volets, même en plein jour. Il n'arrivait plus à dormir, même en pleine nuit. Les tâches les plus élémentaires – se lever, se laver, pisser – lui semblaient une montagne. Il se faisait livrer à manger, mangeait à peine, restait au lit, avec toujours le même tee-shirt informe, toujours le même jogging élimé. Il avait les cheveux gras, il marinait dans sa sueur, il sentait mauvais, et pire que ça : il se foutait de sentir mauvais. Et si d'aventure il sortait de chez lui, c'était pour se promener au cimetière de Montmartre – de la prospection, il disait. Il était tombé par hasard sur la tombe de Stendhal, une stèle en marbre blanc, tout ce qu'il y avait de plus simple, ornée d'un médaillon de bronze, qui représentait l'écrivain de profil. Il avait lu son épitaphe : *Scrisse – Amò – Visse.* Il a écrit, il a aimé, il a vécu. Et pas très loin de cette tombe, m'a dit Vasco, il y en avait une autre, sur laquelle on pouvait lire : Robert L. (1923-2006), époux de Nicole L., née J. (1932-20). Après le 20 des années deux mille il y avait un blanc, un espace vacant qu'il faudrait combler le jour où Nicole L., née J., viendrait à mourir. Elle vivait encore, Nicole, mais elle avait déjà son nom sur une tombe, son nom d'épouse et de jeune fille et sa date de naissance et les deux premiers chiffres de celle de sa mort, gravés dans le marbre en lettres d'or comme si la mort était là, qui l'attendait. Comme si, m'a dit Vasco, être la femme de Robert la définissait tout entière, et que lui mort il ne lui restait plus qu'à mourir. Je suis Nicole, m'a dit Vasco. Sous-entendu : j'attends la mort. Or ce qu'il y a de bien, avec la mort, pour peu qu'on l'appelle *réellement* de ses vœux, c'est qu'il n'y a jamais à l'attendre longtemps : un revolver, ou du poison, ou une corde, ou un rasoir, un peu de bonne volonté, et l'affaire est réglée.

18

Ce soir avant minuit avec dans une poche
~~Une lettre timbrée~~ et ton nom là-dessus
Une enveloppe blanche // // // //
J'irai jusqu'à la boîte aux lettres la plus proche
~~Où glisseront ces vers que tu auras reçus~~
Y glisser les quatrains de notre amour déçu

Puis ayant remonté la rue et l'avenue
Je rentrerai chez moi ferai couler un bain
Regardant ta photo (la seule où tu es nue)
Je ~~songerai sans doute~~
Peut-être penserai-je à tes larmes demain

Et prenant tour à tour mesure de ta peine
Mon courage à deux mains et enfin mon rasoir
Je fermerai les yeux sur la nuit incertaine
Quand l'eau troublée de rouge emporte l'âme au noir

Et pour celui-là, de poème, le juge n'avait pas besoin de sous-texte, pas besoin de moi pour lui révéler je ne sais quel sens qui aurait pu se dérober à sa lecture.

Il savait qu'on avait retrouvé Vasco dans sa baignoire, avec un rasoir, des somnifères et la photo de Tina ; il avait lu le compte rendu d'admission : « souffrance morale intense, avec idées suicidaires » ; il avait vu le poignet de Vasco : du cousu main. Vasco avait perdu un peu de sang mais pas trop ; il avait fait ça n'importe comment, à l'horizontale, sans zèle excessif et sans jamais entamer la grosse veine ; et puis les somnifères ayant fait leur effet, il avait fini par s'endormir, et il s'était réveillé aux Urgences où l'avait rafistolé un interne, avec du fil, une aiguille et des plaisanteries de carabin ; et comme il présentait *un danger pour lui-même*, on l'avait admis à Sainte-Anne, en psychiatrie.

Il y est arrivé en ambulance, par l'allée Paul-Verlaine. Il faut savoir qu'à Sainte-Anne, où l'on soignait des troubles psychiatriques en général, à commencer par la mélancolie, on avait donné le nom du plus mélancolique de tous les poètes à l'allée principale – allée qui donnait sur la rue Vincent-Van-Gogh, qui après tout n'a fait que se trancher l'oreille gauche avant de se tirer, plus tard, un coup de revolver dans la poitrine, et sur la rue Gérard-de-Nerval, *le Soleil noir de la Mélancolie*, pendu à une grille. Mais attendez, ça n'est pas tout. Elle débouchait aussi sur un joli petit parc : le parc Charles-Baudelaire. Parfaitement, l'auteur de *Spleen*. Ne manquait plus qu'une statue de Cioran.

Dépouillez le chagrin d'amour des oripeaux du romantisme, et voilà ce qu'il en reste : un type assis sur le rebord d'un lit scellé au sol, dans une chambre sans verrou, qui regarde à travers la fenêtre grillagée, la tête appuyée sur la main. Voilà comment je l'ai trouvé. Ses godasses s'agitaient dans le vide, on lui avait ôté ses lacets. Il n'avait pas l'air d'aller fort, mais son voisin de chambre, un Japonais, n'avait pas l'air d'aller mieux. Syndrome de Paris, m'a dit Vasco. Et il m'a expliqué qu'on recensait une dizaine de cas chaque année, essentiellement des Japonais : l'écart entre la réalité et la vision idéalisée qu'ils se faisaient de la ville – rues proprettes, moustachus à béret avec baguette sous le bras, grandes femmes filiformes juchées sur des talons de dix centimètres et vêtues de la tête aux pieds en Chanel –, ajouté à la fatigue du décalage horaire et d'un long voyage en avion, provoquait chez certains d'entre eux des troubles divers : le voisin de Vasco avait perdu connaissance à Châtelet, il s'était réveillé à Sainte-Anne et depuis, il se prenait pour Napoléon.

Vasco était là depuis quelques jours. Les psychiatres ayant donné un avis favorable à sa sortie – à condition qu'il soit entouré –, on est sortis, lui et moi. Le Japonais a salué ses grognards qui levaient le camp, et voilà comment on s'est retrouvés en terrasse d'un café, lui devant un chocolat chaud et moi, un café. Et encore une fois on s'est repassé le film des événements, depuis le début, depuis sa rencontre avec Tina jusqu'au rasoir sur sa peau, et c'est là, vingt minutes à peine après sa sortie de Sainte-Anne, que Vasco m'a dit tu sais, j'ai su que cette histoire allait trop loin quand je suis entré dans une armurerie.

Et donc il m'a expliqué qu'il avait eu des nouvelles de Tina, qu'elle lui avait *enfin* écrit, une lettre toute simple, très sobre, dans laquelle elle disait avoir fait le *choix de la raison*, celui de rester avec *l'homme de sa vie* – avec qui, précisait-elle, elle avait décidé de *construire sa vie*. Elle espérait qu'il comprendrait, elle lui souhaitait le meilleur pour la suite, elle concluait par une formule de politesse : *Bien à toi*.

Bien à toi, j'ai répété.

À fendre le cœur le plus dur.

Et d'ailleurs ça n'en avait pas, de cœur.

C'était froid, sec, insensible. Ça n'était pas Tina.

Et pourtant c'était bien d'elle.

Ses lèvres avides, insatiables, qui avaient tant de fois vécu d'adoration sur les siennes, tant de fois les avaient dévorées, tant de fois avaient murmuré *mon amour*, ses lèvres avaient dit ces trois mots : *Bien à toi*.

Et sa main. Sa main qu'il avait eue dans sa main – « Mets ton front sur mon front et ta main dans ma main » –, ses doigts qu'elle avait enlacés dans les siens, ses doigts avaient tenu le stylo.

Le stylo qui avait écrit : *Bien à toi*.

Il avait lu bien à toi, et il avait su qu'il n'allait plus la revoir. Il en avait eu le cœur net. Et brisé. Ce bien à toi l'avait tué. Au fond de lui il était déjà mort; il n'avait plus qu'à se foutre en l'air au plus vite – avant minuit.

Mourir mais d'abord, lui laisser la culpabilité de sa mort. Répondre à sa lettre par une lettre d'adieux. Et comme il n'avait pas de feuille blanche, il a pris ce qu'il avait sous la main, un cahier d'écolier encore vierge. Celui-là, ai-je dit en désignant le cahier Clairefontaine. Et comme il y avait trop à dire et que le temps lui manquait, il a pensé lui écrire quelques vers, deux-trois quatrains qui annonceraient la couleur, un demain-dès-l'aube-à-l'heure-où-blanchit-la-campagne-je-m'ouvrirai-les-veines

– ce qu'il a fait. Il a écrit le poème que nous avons sous les yeux – dont nous avons le premier jet sous les yeux, le brouillon, qu'ensuite il a mis *au propre*, sur une autre feuille qu'il a détachée avant de la glisser dans une enveloppe, d'y écrire le nom de Tina et d'aller la poster, aux bons soins du producteur de sa pièce. Et après ça il est rentré chez lui, il a fait couler un bain, il a pris des cachets, et il a joué du rasoir sur sa peau. Il aurait pu se tirer une balle dans le cœur, mais non, trop peur de se rater – ce qu'il a prétendu après coup, mais vous voulez mon avis ? je crois qu'en vérité c'est de se réussir qu'il avait peur. Je crois qu'en vérité tout cela n'était que du bluff, un appel, une dernière sommation adressée à Tina : en feignant d'y renoncer pour de bon, il gardait, au fond de lui, l'infime espoir qu'elle reviendrait.

Je ne le reconnaissais pas, j'avais l'impression de ne pas le connaître – mais connaît-on vraiment jamais ses amis ? Parfois on ne se comprend plus, on avance à l'aveugle, on se heurte à des murs, jusqu'au jour où l'on finit par se dire mutuellement ce qu'on a sur le cœur, comme on craque une allumette dans la nuit : pas pour y voir plus clair, mais pour mesurer la part de ténèbres que chacun porte en soi.

Quelques jours plus tard nous voilà donc au café, où j'essayai de le réconforter, et pas en lui débitant les fadaises habituelles, non, en m'efforçant d'être honnête avec lui, en lui disant qu'il n'était pas au bout de ses peines, qu'il n'avait pas fini de penser à Tina, qu'il lui faudrait apprendre à s'en déprendre, qu'il l'aurait encore longtemps à l'esprit, au premier plan d'abord, mais qu'elle serait reléguée, petit à petit, au fil des mois, en arrière-plan de sa conscience, comme un écran de veille auquel il prêterait de moins en moins attention. Le désir deviendrait un souvenir, l'idée de Tina lui passerait encore par la tête, une pensée fugitive, imprécise et qui bientôt disparaîtrait, et, comme un matin au sortir de l'hiver arrive le printemps, arriverait cette chose insensée : il aurait cessé de l'aimer.

Pour lui évidemment, à ce moment-là c'était un discours inaudible. Il songeait, disait-il, à la phrase de Verlaine, quand il apprend la mort de Rimbaud. Et il me citait les fameux vers d'El Baresed, le poète libanais :

> Quand ses cheveux seront de cendres
> Plus tard encor cendres son corps
> Je l'aimerai

car elle était en lui, elle faisait partie de lui, elle est en moi, répétait Vasco : elle est l'irréductible part de mon être.

Eh bien puisqu'elle est en toi, mon vieux, fais-en quelque chose, écris-la, votre histoire, j'ai dit à Vasco. Mais lui pensait à quoi bon : ça n'allait pas la faire revenir; et quand on est passés chez lui récupérer quelques affaires, non mais vraiment, me disait-il encore, à quoi bon; et quand même, il a glissé dans sa valise le cahier Clairefontaine. Les trois premiers jours, il n'a rien fait; l'idée du suicide, au fond de lui, continuait ses ruminations. Il passait tout son temps allongé dans mon canapé, à regarder le plafond – même une nature éminemment contemplative finit par s'en lasser. Alors le quatrième jour il s'est mis à écrire ce qu'il avait sur le cœur, ou plutôt *dans* le cœur ; et ce qu'il avait dans le cœur, il l'a mis dans des vers. Des rimes et du rythme, voilà ce qui devait le sauver.

Il ne m'en parlait pas, il ne me montrait rien, mais comme il dormait chez moi je retrouvais ses brouillons dans ma corbeille, en lambeaux ou en boules, et à mesure que s'accumulaient les brouillons je le voyais reprendre vie. Dix jours ont passé ; il est rentré chez lui ; il a continué à écrire. Ça a duré comme ça pendant huit jours encore, il allait un peu mieux, il avait même trouvé le moyen d'éponger une partie de ses dettes, de rembourser en partie les quatre cent trente-quatre mille balles du revolver de Verlaine.

Il s'était souvenu du directeur de l'hôtel Arthur Rimbaud, de leur passe d'armes chez Christie's. Si un jour vous souhaitez vous séparer du revolver, lui avait fait savoir le directeur de l'hôtel, vous savez où me joindre. Alors Vasco avait appelé l'hôtel, il avait demandé à parler au directeur, et sans entrer dans les détails il lui avait expliqué que voilà, il avait besoin d'argent, pas mal d'argent, qu'il lui fallait en trouver rapidement, très rapidement, qu'il devait donc à regret céder le revolver, est-ce que sa proposition tenait toujours ? Plus que jamais, avait répondu le directeur de l'hôtel, et au terme d'une négociation qui n'avait duré qu'une vingtaine de secondes ils s'étaient mis d'accord sur trois cent cinquante mille euros – prix auquel le directeur avait placé sa dernière enchère. Il s'en tirait sans les frais d'adjudication, toujours à la charge de Vasco, quatre-vingt-cinq mille euros auxquels il faudrait ajouter les pénalités de retard, quelque cent mille balles en tout et pour tout qu'il faudrait bien rembourser.

Mais avant de conclure la transaction, le directeur voulait le voir, ce revolver. Rien de plus naturel, avait jugé Vasco, vendredi ça vous va ? Or vendredi ça ne lui allait pas, au directeur : il inaugurait ce jour-là un nouvel établissement, son sixième, l'hôtel Pierre Michon, à Châtelus-le-Marcheix dans la Creuse, un coin certes un peu paumé, avait-il concédé, mais on pouvait compter sur les michoniens pour booster le taux d'occupation. Lundi, quinze heures, dans le hall ? Va pour lundi, s'était réjoui Vasco, mais avant lundi il y avait samedi, et samedi, c'était jour de mariage.

19

Jour de mariage à Beaumont-de-Pertuis, dans le massif du Luberon.

Si j'étais un romancier du XIXe, si j'étais, mettons, Stendhal, je commencerais par décrire le département du Vaucluse, ses spécialités gastronomiques, ses curiosités culturelles et son climat. Puis je choisirais un village, Beaumont-de-Pertuis par exemple. J'évoquerais sa chapelle romane, sa fontaine moussue, ses ruelles escarpées. Je ferais de longues digressions sur les gens du coin, puis je prendrais une famille installée là depuis longtemps et j'en brosserais le portrait. Les Barzac par exemple.

Je parlerais d'abord de Jean-Louis, le grand-père, qui fut longtemps député. Je dirais comment, pour trois fois rien, il avait acquis la plus belle propriété du village – certains disaient du département –, une immense bastide en pierres qui n'était plus qu'un tas de ruines, et comment il avait joué de son entregent pour la faire classer monument historique. Et alors je raconterais comment sa restauration s'était faite sur les deniers de l'État, comment, aux frais du contribuable, on lui avait redonné son lustre d'antan – j'en décrirais les dix chambres, les six salles de bains, la cuisine provençale et les deux pièces de réception, et bien sûr la terrasse.

Je m'y attarderais, sur cette terrasse, et je m'attarderais sur les invités qui s'y trouvent, une coupe de champagne à la main.

Ah, si j'avais été Stendhal. J'aurais pu m'en donner à cœur joie, comme lui au début du *Rouge et le Noir*, qui nous tartine des pages et des pages sur la petite ville de Verrières, sur la fabrique des toiles peintes qui l'a enrichie, sur M. de Rênal, son maire aux cheveux grisonnants, sur sa maison, sur ses jardins, sur le mur de soutènement qu'il a fait construire, sur la tyrannie de l'opinion dans les petites villes de France, etc., avant de nous présenter enfin, au bout de quatre chapitres, Julien Sorel.

Mais je ne suis pas Stendhal. Je ne fais pas dans le réalisme. Je dirais même que le réalisme m'emmerde – comme m'emmerdent les mariages.

Les mariages m'emmerdent, j'ai dit.

Je n'ai jamais pris goût à faire tourner les serviettes dans une ambiance de kermesse, et quant à m'époumoner au petit matin sur *Les lacs du Connemara*, la cravate nouée autour du front, non merci.

Et puis les mariages me renvoient à mon propre mariage. Et cela je ne l'ai pas dit au juge, je ne lui ai pas dit que j'étais marié, moi aussi. C'était à l'église Santa Maria dei Miracoli à Venise. Obtenir l'autorisation de s'y marier n'était pas une mince affaire : il avait fallu pour cela procéder à diverses démarches administratives, parmi lesquelles écrire une *lettre d'engagement.* Dans la mienne, j'avais écrit que je n'étais pas sûr de croire en Dieu, que je n'étais pas non plus certain de ne pas y croire, mais que j'étais prêt à prier pour qu'Il existe. Il y avait une chose en revanche à laquelle je croyais fermement : la femme que j'allais épouser, j'avais la certitude qu'elle était, si cela du moins existait, la *femme de ma vie.* Voilà pourquoi je souhaitais conférer à notre amour le caractère solennel et sacré d'un mariage à l'église. Ce jour-là ma femme est arrivée à l'autel, une couronne de fleurs dans les cheveux, sur l'*Ave Maria* de Schubert. Mes témoins sont arrivés en retard, l'un s'était trompé d'heure, l'autre avait raté son avion. Plus tard, au repas, sur la petite île de San Servolo, sur *Sarà perchè ti amo* et sous les vivats des convives, ma femme et moi avons fait notre entrée dans la salle. Plus tard encore, sur la place Saint-Marc déserte au milieu de la nuit, on a dansé une valse. Ses talons lui faisaient mal, mes souliers neufs aussi. On est rentrés pieds nus, nos chaussures à la main. Pas besoin de phrases chantournées pour dire la simplicité de l'amour : c'était peut-être bien le plus beau jour de ma vie.

Et peut-être bien qu'au moment où j'étais dans le bureau du juge, j'avais foutu en l'air notre histoire. Longue histoire qu'il me faudrait raconter. Il me faudrait dire la conviction, l'intime conviction que j'avais : nous aurions des enfants, nous vieillirions ensemble, mes cendres un jour seraient mêlées aux siennes, jetées au vent de la lagune à Venise. Planifiez votre vie, et la vie déjouera tous vos plans. Et depuis qu'elle n'était plus là c'était comme si j'étais amputé d'une part de moi-même, la meilleure, oui, amputé depuis qu'elle était partie quelques jours avant notre deuxième anniversaire de mariage – quelques jours avant celui de Tina.

J'étais donc à Beaumont-de-Pertuis, chez les Barzac, et en attendant le début de la cérémonie je me promenais parmi les oliviers et les cyprès, seul et sans chercher la compagnie de quiconque : j'étais d'humeur maussade, je ne connaissais quasiment aucun des amis de Tina, et parmi ceux d'Edgar, je n'avais rencontré qu'Adrien. Son collègue. L'écrevisse. Je l'avais lu, finalement, son manuscrit : sa prose était vieillotte, académique, poussiéreuse, ça ne se lisait qu'à grands coups de plumeau ; c'était scolaire, appliqué comme les coloriages d'un enfant qui veille à ne jamais dépasser, en tirant la langue ; on avait envie de lui distribuer des bons points. Et puis tout cela manquait de cœur, or le bon romancier doit avoir à l'égard de ses personnages le cœur tendre et l'œil dur ; Adrien avait le cœur sec et leur faisait les yeux doux. Je lui avais conseillé, en déployant des trésors de délicatesse, d'attendre quelques années, de travailler, puis de revenir avec un autre roman ; il m'en avait voulu de ma franchise et s'entêtait sur celui-ci. En arrivant je l'avais vu ; il avait fait mine de ne pas me voir.

Comme le ciel se couvrait, je suis retourné au vestiaire, récupérer mon écharpe. Et comme je traversais la salle de réception, j'en ai profité pour jeter un œil au plan de table.

Vingt-cinq tables de dix couverts.

Tina, je la connais, aurait préféré se marier à la va-vite, sans personne, en ramassant deux clampins dans la rue pour en faire ses témoins, au lieu de quoi, en plus de la famille proche et des amis, on avait convié des amis des parents des mariés, des grand-tantes qu'on n'avait plus vues depuis des lustres, des cousins éloignés, le ban et l'arrière-ban, deux cent cinquante invités – et il avait fallu qu'on me mette à côté de Margaux.

Une cousine de Tina – qu'un jour j'avais croisée, avec Tina, dans la rue, et nous avions fini par prendre un café tous les trois.

Un âne, j'ai dit.

Bête à manger du foin.

Et pas brindille par brindille.

Grande bouche aux lèvres replètes, pommettes saillantes, immuable sourire béat qui lui donnait un petit air *ravi de la crèche* et seins de lavandière. C'est la première chose à laquelle j'ai pensé, la fois où je l'ai vue : cette fille, ai-je pensé, a des seins de lavandière, et je me souviens l'avoir imaginée accroupie au bord d'un ruisseau, frottant le linge avec des cendres de bois puis de ses pieds nus le battant, je la voyais son panier à linge à l'épaule, ses beaux seins ronds ballottant dans son corset, et j'aurais pu continuer longtemps ma rêverie érotico-historique si Margaux ne s'était pas mise à parler – ce qui nous amène à la deuxième chose à laquelle j'ai pensé : nom de Dieu qu'elle est con. Elle avait la connerie absolue comme d'autres ont l'oreille. Sa conversation était creuse, insipide ; et puis elle était d'une jovialité, d'une équanimité déprimante : tout, tout le temps, était toujours *génial*, ou *canon*, ou *chanmé*.

Un âne, j'ai répété.

Convoquez-la, j'ai dit, et jugez par vous-même.

Sur chaque table il y avait un menu, comme toujours

aux mariages, copieux, ce menu, comme toujours les menus de mariage : millefeuille de foie gras au pain d'épices, sublime de caille au vin blanc, risotto aux champignons des bois, farandole de desserts, cafés, vins, champagne – tout ça pour quoi ? pour deux cent cinquante invités qui n'ont pas même eu le temps de s'asseoir à leur table. J'ai substitué le marque-place avec le nom de Margaux par celui de sa voisine, j'ai récupéré mon écharpe au vestiaire et je suis sorti dans le parc ; la cérémonie allait commencer.

Car Tina finalement n'avait plus voulu d'une cérémonie religieuse, plus voulu se marier à l'église, et comme Edgar se pliait volontiers aux volontés de Tina (c'était, je précise, avant qu'il ne découvre sa relation adultère), il n'avait pas insisté. Il avait quand même fallu faire passer la pilule à sa mère : cette catin me fera mourir, avait dit la mère d'Edgar en évoquant sa belle-fille. Edgar s'était brouillé avec elle, il avait même menacé d'annuler le mariage, alors dix jours plus tard, de mauvaise grâce, sa mère lui avait fait des excuses : c'était d'accord, puisqu'ils y tenaient, on organiserait une cérémonie laïque dans le parc qui cernait la bastide. Elle ferait quand même dire des messes pour le salut de leur âme.

20

Inutile de décrire les lieux, vous avez vu les photos.

Il avait vu les photos, le juge – celles qu'avaient prises les gendarmes. La bastide, la terrasse, les rangées de chaises entre les rangées d'oliviers, et puis l'arche bien sûr – ce qui restait de l'arche. Un arc semi-circulaire, soutenu par deux hallebardes dont on avait planté dans l'herbe une partie de la hampe, et orné des poèmes préférés de Tina. Tout le monde était là, aux premiers rangs les parents, les grands-parents, les témoins, les sœurs d'Edgar et la mère de Tina, et là derrière le tout-venant, la valetaille, les amis, les oncles et tantes et les cousins, moi. Moi à côté d'un cousin. Un peu débraillé, le cousin, les souliers pas cirés, le pantalon froissé, la chemise en dehors du pantalon, à peine repassée, et autour du cou la cravate un peu trop longue, nouée avec désinvolture – pas un cousin d'Edgar, un cousin de Tina (très chics, les cousins d'Edgar, parfaitement sanglés dans leur costume, à croire que porter un costume ils avaient fait ça toute leur vie, et qu'ils avaient poussé leurs premiers vagissements à cause d'un nœud de cravate qui les serrait un peu trop).

On n'attendait plus que Tina.

Edgar aussi n'attendait plus que Tina. Sous l'arche, entre les hallebardes, les mains croisées dans le dos, avec son haut-de-forme, sa lavallière et sa queue-de-pie qui ne lui allait, mais alors pas du tout. Ciao, *sprezzatura*. Il semblait tout étriqué là-dedans, comme s'il l'avait prise une taille en dessous; et puis il avait l'air inquiet, soucieux comme il est normal de l'être le jour de son propre mariage – mais lui l'était beaucoup trop, on le comprend : la cérémonie aurait dû débuter depuis déjà dix minutes, et toujours pas de Tina.

Dix balles qu'elle vient pas.

C'est le cousin qui a dit ça. Dix balles qu'elle vient pas, il a dit. Puis, en levant la tête : temps de chien, hein.

Car maintenant le ciel était lourd, gris, et pas d'un gris tout en nuances, en contrastes, en variations d'intensité, pas d'un gris qui décline tous les gris, mais d'un gris neutre, terne, uniforme, sans aucune dominante – un bon vieux gris bien morose de novembre, en plein juin.

Vingt, j'ai dit.

Lui avait dit ça sur le ton de la blague; moi, non. Mais moi j'avais sur lui un coup d'avance, un avantage indéniable. Je savais, moi, ce que lui ne savait pas – ce que personne, quasiment personne ici ne savait : qu'il avait bien failli ne jamais avoir lieu, ce mariage.

Est-ce que Tina avait changé d'avis? Est-ce qu'elle avait décidé, au dernier moment, au *pire* moment, de quitter Edgar pour Vasco? Est-ce qu'elle était au téléphone avec lui? Déjà partie peut-être, enfuie par une porte dérobée? Le joyeux tintamarre laissait place, de minute en minute, à un embarras général, on sentait la tension qui montait, des rires nerveux, des toussotements commençaient à se faire entendre, quelque chose d'impalpable, de pesant alourdissait l'atmosphère, d'un peu grisant aussi, du moins pour moi qui pensais : tiens, une scène de roman. Et comme dans un roman polyphonique chacun y allait de son petit commentaire, chacun se demandant ce que Tina faisait, les uns subodorant les causes de son absence, les autres en supputant les conséquences, les uns comme les autres à voix basse, préoccupés, car si la mariée ne venait pas, est-ce qu'on aurait quand même à bouffer ?

Toutes les lèvres ne bruissaient plus que d'un mot : la mariée. On la disait seule, enfermée dans une chambre. Son père et ses demoiselles d'honneur avaient essayé de lui parler à travers la porte. Fermée à clé, la porte. Pas sereines, les demoiselles d'honneur. Quelque chose n'allait pas, et néanmoins elles se voulaient optimistes : pas d'inquiétude, un léger contretemps, qu'on se rassure, la mariée allait arriver. Mais elle n'arrivait pas, la mariée, et ça n'avait pas rassuré grand monde, personne pour ainsi dire, et surtout pas Edgar, le pauvre Edgar qui sous sa queue-de-pie se ratatinait de minute en minute. Il se tenait là, sous le ciel assombri, immobile et coi, effaré, comme s'il avait misé sa fortune à la roulette, toute sa fortune sur le rouge, et que la bille venait de tomber sur le noir.

Quarante, a dit le cousin, qui désormais spéculait *vraiment* sur la disparition de Tina.

Et en effet il semblait maintenant plausible qu'elle ne viendrait pas, et qu'elle laisserait en plan le pauvre Edgar à qui ses amis faisaient des sourires apitoyés, histoire de lui montrer leur soutien, t'inquiète pas, vieux, on est là, et seul sous son arche il leur souriait en retour, mais d'un sourire hésitant, le sourire dépité du type à qui c'est en train d'arriver, et qui néanmoins ne veut pas y croire, non, cela ne peut pas arriver, pas à lui, pas ce jour-là, pas devant tout ce monde, et qui se refusant à y croire ne peut qu'attendre, encore un instant monsieur le bourreau. Il me serrait le cœur.

Deux minutes encore ont passé, et vous pourriez me dire qu'est-ce que c'est, deux minutes, rien, à peine le temps de réciter de bout en bout *Le pont Mirabeau*, mais à ces deux minutes il fallait encore ajouter les quinze minutes déjà écoulées, dix-sept minutes en tout que Tina aurait dû être là et la cérémonie débuter. Et puis le temps n'a rien d'objectif : c'est comme la température, le temps, c'est une donnée subjective, propre à celui qui la perçoit, et de même que l'on distingue la température réelle de la température ressentie, il faudrait distinguer le temps réel du temps ressenti, et chaque minute qui faisait soixante secondes à nos montres devait paraître un siècle à Edgar, or dix-sept siècles à attendre la femme que vous devez épouser, devant votre famille au grand complet réunie, vos grands-parents, vos parents qui vous dévisagent et se demandent ce qu'elle fout, viendra ? viendra pas ? devant vos amis qui n'y croient plus, dix-sept siècles à l'attendre en haut-de-forme et queue-de-pie sous une arche, c'est long.

Pas long : interminable.

Chancelant sous le poids de l'humiliation qui se profilait, Edgar, d'une voix étranglée, a d'abord remercié familles et amis d'être là, et d'avoir répondu tous ensemble à *l'invitation de l'amour.* Et alors il a improvisé un discours, Edgar. Il nous a parlé d'amour. De l'amour qu'il éprouvait pour Tina. Il a rappelé leur rencontre quai des Grands-Augustins, du temps où elle était bouquiniste, et puis il a retracé leur histoire, leur vie à deux puis à quatre, avec Arthur et Paul, la prunelle de leurs yeux ; sa voix prenait de l'assurance, elle était plus sûre tout à coup, plus grave et plus profonde aussi, et il se montrait inspiré, émouvant même quand il a évoqué leurs vacances en famille, tissées seulement des bonheurs simples, des joies modestes qui font la trame d'une vie.

Et puis il s'est lancé dans un panégyrique de Tina. Il a loué son courage, sa générosité, son humour, sa beauté, l'insolente beauté de Tina, a dit Edgar, j'aurais voulu savoir écrire, a-t-il enchaîné, et composer une ode, un madrigal, une élégie pour chanter la beauté de ma femme ; et il aurait fallu consigner chacun de ses mots, chacune de ses phrases, car chaque mot touchait juste, chaque phrase faisait mouche ; or ces mots-là sont perdus, et perdues ces phrases qui méritaient un greffier. Où étiez-vous ? Que faisiez-vous ? j'ai dit en pointant vers lui, le greffier, un doigt accusateur.

Et ce type que j'avais toujours pris pour quelqu'un d'affable et courtois, mais sans grande envergure, beau et bon mais pas très fute-fute, comme on dit, ce type à qui Tina faisait endurer l'avanie la plus vive, nous confessait, *in absentia,* tout l'amour qu'il avait pour Tina, car elle était, disait-il, son yin et son yang, son ciel et sa terre, la clef de voûte, l'alpha et l'oméga de sa vie, et toute sa vie il voulait la chérir, la combler, hier encore, nous confiait-il, il lui avait offert une broche à l'effigie de Verlaine et Rimbaud, et elle avait souri, et pleuré, et elle lui avait promis de la porter aujourd'hui, sur sa robe, il disait ça, Edgar, avec maintenant des trémolos dans la voix, car elle ne viendrait pas, c'était foutu, peut-être même qu'il ne la verrait jamais plus, et j'éprouvais pour lui une immense compassion, une tendresse infinie, et comme ses yeux s'embuaient de larmes il a regardé le ciel plus nuageux que jamais, et comme disait Verlaine, a dit Edgar, mais plus un son ne sortait de sa bouche : il cherchait en vain dans sa mémoire un vers de Verlaine. Mais non, rien. Un blanc. Ça ne venait pas. Décidément. Et tout de même il a fini par en dégotter un de Baudelaire – qu'il a pris la liberté d'attribuer à Verlaine : et comme disait Verlaine, a repris Edgar en montrant le ciel qui se gonflait de nuages, comme disait Verlaine, j'aime les nuages, les nuages qui passent, là-bas, les merveilleux nuages – mais plus personne ne regardait le ciel ni les nuages ni même Edgar : Tina était apparue au bout de l'allée au bras de son père. Elle n'avait plus de cheveux.

Elle portait une robe en soie blanche, ajourée ; sur la poitrine, à la place du cœur, la broche offerte par Edgar ; elle avait à la main un magnifique bouquet de pivoines et sur la tête, une couronne de fleurs fraîches ; mais elle n'avait plus de cheveux. Elle les avait coupés, ses cheveux, elle avait trouvé une paire de ciseaux dans un tiroir de la cuisine, elle s'était enfermée dans la chambre, et face à la psyché elle avait considéré ses longs cheveux roux dont elle avait attrapé une mèche et, clac, elle avait taillé là-dedans d'un geste rageur, dix fois, vingt fois répété, les cheveux tombaient dru, par petits paquets inégaux sur le parquet de la chambre, il y en avait partout autour d'elle, éparpillés à ses pieds, et quand ses demoiselles d'honneur aidées de son père et d'un commis de cuisine étaient parvenues à enfoncer la porte, c'est comme ça qu'ils l'avaient trouvée, ils avaient trouvé Tina en robe de mariée, Tina les ciseaux à la main, assise au milieu de la chambre sur une chaise en paille jaune : elle n'avait plus de cheveux.

En vérité il lui en restait encore quelques-uns, grappes éparses qu'elle n'avait pas eu le temps d'élaguer, pas eu le temps d'affiner sa boule à zéro, et, passé la surprise, passé les cris d'émotion et les questions affolées des témoins, le père de Tina avait quitté la chambre des mariés pour la sienne, et il en était revenu avec une tondeuse électrique dont il avait réglé le sabot sur six millimètres. Alors, avec un soin méticuleux il s'était mis à raser ce qui restait de cheveux sur la tête de sa fille, commençant par la nuque, remontant vers le haut du crâne, réitérant l'opération en sens inverse, secouant régulièrement la tondeuse pour débarrasser le sabot des cheveux qui s'incrustaient dans les lamelles, affinant enfin le contour des oreilles avant d'imbiber d'eau tiède une serviette qu'il avait passée sur le crâne de Tina, le crâne lisse et nu de sa fille sur lequel il avait déposé un baiser en même temps qu'une couronne de fleurs fraîches.

Et maintenant ils étaient là, père et fille, avançant bras dessus bras dessous jusqu'à l'arche aux feuilles de papier, se frayant un chemin entre les invités incrédules, les invités qui se demandaient ce qu'elle avait fait de ses cheveux, et qui voyaient là la énième lubie d'une folle, complètement zinzin, la Tina, voilà ce qu'ils devaient penser, les invités, songeait Tina quand elle passait devant eux, mais ils pouvaient bien penser ce qu'ils voulaient, ils pouvaient bien la croire bonne pour l'asile, qu'en avait-elle à foutre après tout – ceux qui la connaissaient comprendraient, et je comprenais, moi, que ça n'avait rien d'une lubie, ça n'était pas un caprice, c'était un geste cathartique et radical, libérateur : en se coupant les cheveux, c'étaient les bois du cerf qu'avait coupés Tina.

Elle allait lentement, majestueuse, apaisée, ses grands yeux verts scintillant de tout leur éclat, allait vers Edgar qui depuis si longtemps patientait, allait et souriait, de toutes ses dents souriant à *l'homme de sa vie,* allait vers celui qui là-bas se demandait lui aussi ce qu'elle avait fait à ses cheveux, et qui néanmoins s'en moquait, parce qu'il l'aimait, il l'aimait comme elle était, l'aimait pour ses extravagances, en dépit de ses outrances l'aimait, l'aimait et l'attendait, en haut-de-forme et queue-de-pie, si bien qu'elle s'est retrouvée face à lui puis eux face à nous, main dans la main. Ils souriaient.

Nous voilà *enfin* réunis, a dit l'officiant, avant d'ajouter dans un rire audacieux : *il s'en est fallu d'un cheveu.* Et à notre tour nous avons ri, puis la cérémonie s'est déroulée sans anicroches, du moins jusqu'à l'échange des alliances avec le concours des jumeaux : Edgar a aidé Arthur à passer l'anneau au doigt de sa mère, Tina Paul à celui de son père, et au moment où dûment déclarés mari et femme ils allaient s'embrasser, au moment où j'allais applaudir, où nous allions tous applaudir – eux, en rabattant énergiquement les mains l'une contre l'autre, avec un enjouement allègre, un empressement fiévreux, et moi en les touchant à peine, du bout des doigts, à contrecœur, en m'efforçant de faire aussi peu de bruit que possible –, pile à ce moment-là, on a entendu braire un âne.

Pas Margaux.

Un âne, un vrai.

Qui faisait hi-han, hi-han, ai-je fait en imitant le braiment de l'âne.

L'âne broutait au bout de l'allée, entre les rangées de chaises ; et sur cet âne il y avait un type en costume de lin beige, un carton à la main.

Le faire-part. Avant même de me demander ce que Vasco faisait sur un âne, j'ai pensé : le faire-part. C'était ça qu'il avait vu, et volé, lors de sa visite de l'appart, dans la petite boîte à biscuits sur le petit meuble de l'entrée : le faire-part du mariage. Voilà comment il avait appris où la cérémonie aurait lieu (ce qu'évidemment je n'ai pas dit au juge).

Vasco, j'ai dit, avait voulu faire un coup d'éclat : enlever Tina le jour de son mariage. Un acte fou, désespéré, romantique en diable et follement romanesque, ou complètement con – là-dessus les avis sont assez divergents.

Il avait d'abord pensé l'enlever à moto, mais il n'avait jamais conduit de moto, il n'avait pas le permis, il n'aurait pas pu en louer une, de moto. Et puis il avait pensé l'enlever à cheval, mais il n'avait jamais fait de cheval, il n'était pas cavalier, et puis ça n'est pas si facile à monter, c'est indocile et fougueux, un cheval. Il y avait dans le coin quelques jolies randonnées, et pour trente-huit euros la mi-journée on pouvait louer un hongre.

Un hongre, ai-je répété. Un âne mâle castré, m'a appris Vasco qui l'avait appris du site Internet, où quelques clics suffisaient pour réserver sa monture. Vasco avait jeté son dévolu sur Modestin, dix-sept ans, un mètre cinquante au garrot, regard tristounet, grandes oreilles et robe alezane. Alors bien sûr ça n'avait ni l'élégance racée ni la noblesse du cheval, mais enfin c'était doux et placide, ça ne risquait pas de partir au triple galop, et c'est cela que d'emblée j'ai pensé, ai-je menti, quand j'ai vu Vasco juché sur un âne : il ne risque pas de s'enfuir au triple galop.

L'âne était là, immobile au bout de l'allée ; Vasco lui a donné une petite tape sur l'arrière-train et Modestin s'est mis en branle, doucement, d'un rythme égal et nonchalant il a remonté une partie de l'allée sous les applaudissements des convives (cela devait *faire partie du spectacle*), passant devant moi fidèle à moi-même, résolument passif, fataliste peut-être, car enfin j'aurais pu infléchir le cours des événements, me mettre en travers de l'allée par exemple, raisonner Vasco et partir avec lui, mais non. Comme s'il n'y avait rien à faire je n'ai rien fait, je suis resté là, en spectateur hagard, impuissant, à le regarder progresser dans l'allée, puis s'immobiliser sur son âne à une quinzaine de mètres de l'arche, à deux rangs de là où j'étais mais tout près de Margaux, qui trouvait cet événement inopiné *absolument génial*. Si génial, j'ai dit, qu'il eût été dommage, s'est dit Margaux, de n'en point conserver la mémoire.

21

Et puis à l'invitation du juge je m'étais retrouvé à côté de lui, devant une plage de sable fin, un palmier, une mer turquoise – son fond d'écran d'ordinateur. Dans l'angle inférieur droit il avait cliqué sur un dossier, le dossier « Barzac », puis sur une vidéo, celle de Margaux, et nous avions maintenant devant nous le visage incrédule et stupéfait d'Edgar.

On voyait donc Edgar en plan rapproché, immobile et muet, engourdi, comme atteint d'une éclipse momentanée de la conscience, pointant du doigt quelque chose ou quelqu'un qui n'apparaissait pas à l'écran, mais que nous savions, le juge et moi – le juge à qui je l'avais dit et moi qui de mes yeux l'avais vu –, être un âne.

C'est donc hors-champ que Vasco tendait la main à Tina, immobile elle aussi, sans doute hésitante, Tina qui, je l'ai su plus tard, se demandait ce que Vasco faisait là, et si elle devait le rejoindre, abandonner son mari, ses enfants, deux cent cinquante invités pour une destination inconnue, où elle irait à dos d'âne.

Zoom arrière. On apercevait maintenant, au premier

plan, le chapeau d'une jeune fille, chic et champêtre, le chapeau, une capeline en paille et raphia qui coiffait la voisine de Margaux, et à l'arrière-plan, mais flou, Margaux n'ayant pas eu, dans le feu de l'action, la présence d'esprit de faire la mise au point, on apercevait donc Edgar soudain sorti de sa torpeur, déracinant l'une des hallebardes, faisant s'écrouler l'arche entière et chargeant Vasco avec la fougue, la vivacité d'un régiment de uhlans.

Travelling latéral. Où l'on accompagnait alors Edgar dans les tout premiers mètres d'une course effrénée, les basques de sa queue-de-pie se soulevant comme le dossard dans le dos du perchiste, Edgar qui d'ailleurs tenait sa hallebarde comme un perchiste sa perche, à deux mains, l'une au talon de la hampe et l'autre au milieu, résolu à en découdre une fois pour toutes avec Vasco, à lui enfoncer dans la chair la pointe de lance avant de lui fourrager les entrailles au fer de hache.

Plan fixe. Où l'on voyait Edgar, stoppé net dans sa course, mettre un genou à terre, lâcher son arme et se tenir le bas du ventre.

Coupé !

Fin de la vidéo.

Pour le reste, il y avait les journaux.

L'affaire avait eu les honneurs d'une demi-page dans *La Provence*, d'où il ressortait qu'on avait « frôlé le drame lors d'un mariage à Beaumont-de-Pertuis, quand un homme d'une trentaine d'années, inconnu des services de police, a ouvert le feu sur le marié, petit-fils de Jean-Louis Barzac, longtemps député (etc.) ».

Vasco voyant Edgar fondre sur lui avait d'abord

espéré qu'il l'embroche, et qu'on en finisse : ce serait comme un picotement sublime, une percée libératrice qu'il désirait de tout son cœur, mais son esprit s'était révolté contre son cœur, et par réflexe il avait saisi le revolver dans la poche intérieure de sa veste : deux cent cinquante paires d'yeux plus le petit œil rond et noir du revolver de Verlaine étaient braqués sur Edgar qui n'avait pas fait dix mètres que Vasco déverrouillait le cran de sûreté, et tendait le bras, et fermait l'œil gauche, et visait les pieds d'Edgar, et pan ! il a tiré. Or Vasco on le sait ne savait pas viser.

La balle qu'il destinait aux pieds d'Edgar, Edgar l'a prise dans le ventre. Et une quinzaine de minutes après ça, pendant que Modestin broutait l'herbe fraîche, indifférent au moustachu à képi qui passait les menottes à Vasco, pendant qu'un autre type à képi mettait sous scellés le revolver et le cahier Clairefontaine, à travers de petites routes de campagne, sous une pluie battante, je conduisais pied au plancher une vieille voiture ornée de rubans, de pompons et d'un panneau « Just Married ». Un fourgon de police convoyait Vasco vers le commissariat le plus proche, et moi j'étais au volant d'une Coccinelle de collection qu'embaumait le bouquet de Tina, qu'un peu plus tard elle jetterait de dépit dans une poubelle des Urgences, où dans une symphonie de râles on ôterait sa queue-de-pie à Edgar, avant de découper sa chemise, pas le temps d'en défaire les boutons, et alors on s'aviserait qu'il n'y avait pas de blessure, pas de sang, rien – et on finirait par comprendre : une balle de revolver avait bien touché Edgar au niveau de l'abdomen, et il y avait même laissé quelques plumes – mais rien que des plumes : celles de la doublure matelassée qu'il avait pris soin de faire coudre à son habit, et qui avait amorti l'impact de la balle, une balle émoussée tirée par une arme vétuste qui ne lui avait causé qu'un petit hématome.

Un petit hématome, j'ai répété, un petit hématome de rien du tout : voilà avec quoi s'en est tiré Edgar. Une chance de cocu, avait résumé le médecin. Et quant au reste vous savez déjà tout, vous savez qu'Edgar et Tina sont toujours ensemble, et que Vasco attend son procès. J'ose croire en tout cas que mon témoignage atténuera la peine, car en vérité il est déjà condamné à vivre sans elle et cela jusqu'à la fin de ses jours, jour après jour jusqu'au dernier dans le souvenir de Tina – *son souvenir est un soleil qui flambe en moi et ne veut pas s'éteindre*, voilà, ai-je conclu, les mots qu'a eus Verlaine en apprenant la mort de Rimbaud, et j'entends encore le juge me dire eh bien vous savez quoi, si j'étais vous, cette histoire j'en ferais un roman, et je me revois sortant du palais de Justice, je me revois descendant les marches du palais dans la douceur du soir en me disant il a raison, le juge, je me disais cette histoire, petit père, tu devrais en faire un roman.

Ce texte a été écrit en partie à la Villa Marguerite-Yourcenar, face au thuya géant de Californie.

Les lecteurs de Tanguy Viel auront reconnu le juge de son impeccable *Article 353 du Code pénal* : qu'il soit ici remercié de m'avoir laissé le muter de Brest à Paris.

Le cœur de Voltaire a fini par être restitué. L'auteur tient à exprimer sa gratitude envers la Bibliothèque nationale de France, qui a décidé de ne pas engager de poursuites.

CRÉDITS PHOTOGRAPHIQUES

1. Extrait des épreuves des *Fleurs du mal* corrigées par Charles Baudelaire, 1857, Bibliothèque nationale de France, Paris / photo de l'auteur ; 2, 3 et 4. Photos de l'auteur ; 5. Paul Dornac, Paul Verlaine au café François Ier, 1892, Musée Carnavalet, Histoire de Paris / Photo CCØ Paris Musées / Musée Carnavalet.

Composition : PCA / CMB
Achevé d'imprimer
par Normandie Roto Impression s.a.s.
à Lonrai, en juin 2021
Dépôt légal : juin 2021
Numéro d'imprimeur : 2102638

ISBN : 978-2-07-290094-5/Imprimé en France

368665